COLLECTION SÉRIE NOIRE
Créée par Marcel Duhamel

Parutions du mois

BENJAMIN LEGRAND

Lovely Rita

nrf

GALLIMARD

CHAPITRE 1

Les aubépines

Ses mains délicates crispées sur le cuir du volant, Edgar roulait à vingt à l'heure dans un décor qui ressemblait au South Bronx avant sa destruction complète, tags gigantesques sur les murs et les façades, poubelles débordantes entassées, carcasses de bagnoles, vieux pneus jonchant d'anciennes pelouses, journaux et sacs plastique au vent. Ne manquaient que les buildings brûlés. Mais les immeubles ne portaient pas d'escaliers d'incendie et aucun riff de salsa ne résonnait d'un bâtiment à l'autre à travers les terrains vagues. Edgar n'était pas dans le Bronx. Il était à quelques kilomètres au nord d'Antibes dans une banlieue qui ressemblait à toutes les banlieues occidentales, errant depuis une bonne demi-heure, levant un nez de plus en plus inquiet vers l'absence totale de panneaux indicateurs sur les poteaux tordus. La lumière baissait très vite, ciel traversé de nuages violet et feu. Il était complètement paumé.

Edgar aperçut une bande de gamins qui traînaient, se refaisant leur Amérique à eux, casquettes à l'envers, énormes baskets délacées, tee-shirts sponsorisés. Il n'allait quand même pas avoir peur de demander sa route à une bande de mômes comme ça ? Le plus vieux devait avoir dans les douze ans. Avec un léger pincement à l'estomac, Edgar ralentit à leur hauteur, surprenant leurs regards envieux jetés sur la carrosserie luisante de sa BMW. Il appuya sur la commande de sa vitre fumée, ne l'abaissant qu'à moitié.

— Excusez-moi, dit-il d'une voix qui se voulait assurée.

Les mômes ouvraient de grands yeux. Les yeux de tous les enfants du monde, se dit-il. Il y avait effectivement de tout comme enfants. Kabyles, Camerounais, Français, même un Vietnamien.

— Je suis bien dans la cité des Aubépines ?

— Zobs et pines qui niquent ta mère, t'y es, gros conno, ricana le plus grand de la bande avec un accent terrible et en détachant bien les syllabes, ce qui fit éclater de rire les autres.

Edgar se permit un sourire poli, et un hochement de tête, comme s'il appréciait cet humour juvénile. Merci, dit-il en remontant sa vitre, avant de lâcher l'embrayage. Il était resté en première, et la BMW bondit silencieusement en avant.

Il allait devoir changer ses plans. Qui que soit cette Rita, il faudrait la sortir en ville. Impossible de laisser sa bagnole garée toute une nuit dans ce quartier pourri. Même avec son alarme hypersophistiquée. Impossible également de revenir à Cannes pour y passer la soirée avec cette Rita. Il tomberait immanquablement sur d'autres participants du MIP

TV, producteurs, distributeurs, responsables de chaînes, vendeurs, acheteurs étrangers, toute cette smala réjouie et surexcitée par les pourcentages qui, badge autour du cou comme dans le congrès d'une multinationale quelconque, s'échangeait des kilomètres de films, téléfilms, séries, magazines, jeux, documentaires, dessins animés... L'ensemble de la profession mondiale, organisant l'incroyable usine à rêves télévisés. Ils étaient propriétaires de l'imaginaire des téléspectateurs, heureux et fiers de l'être. Et, le soir, certains effectuaient leurs danses d'amour dans les endroits en vogue de Cannes, leurs ballets de séduction, pour des raisons professionnelles ou hormonales... C'était précisément pour les éviter qu'Edgar, en pianotant sur son Minitel, avait choisi cette fille qui habitait au nord d'Antibes. Loin de cette joyeuse folie médiatique.

Maintenant, dans le décor pourri qui défilait devant son pare-brise, il avait du mal à décider d'un endroit où l'emmener. Si la rencontre tournait bien. A Nice, à Antibes même ? à Saint-Paul-de-Vence ? Non. A Saint-Paul, il risquait de tomber sur quelqu'un qui le connaissait de vue, même s'il ne portait plus son badge de participant à l'événement semestriel du marketing télévisuel. Il lui fallait une idée. Pourquoi pas un bon restaurant en bord de mer ? Il pouvait faire passer les frais sur sa note pour Flam Productions. Sans problème. Il raconterait qu'il avait emmené un gros acheteur allemand loin du tourbillon cannois...

L'inconvénient des rencontres Minitel, c'est quand

il faut passer au réel. C'est sans doute pour cela que tant de gens se contentent de sexe virtuel, rêvant aux rencontres qui auraient dû suivre les préliminaires électroniques, sans jamais s'y rendre, passant d'un fantasme à l'autre en jouissant seuls devant leur écran. Effectivement, c'est plus tranquille que d'aller à un rencart dans la cité des zobs et pines, comme disait le gamin.

Après avoir découvert le bâtiment six presque par hasard, Edgar repéra finalement le bâtiment sept. Le chiffre de métal pendait de travers au-dessus de l'entrée. Il y avait pas mal de voitures garées dans le parking attenant, où quelques arbres feraient de l'ombre dans vingt ans si l'immeuble était encore debout, ce qui paraissait peu probable, vu son état de délabrement. La présence de ces nombreux véhicules le rassura un peu quant au sort de la sienne. Evidemment, toutes les bagnoles étaient un peu pourries et un peu sales. Mais elles étaient intactes. Il s'était attendu à pire en pénétrant dans ce quartier perdu. Il se gara entre une vieille Renault 12 et une petite Polo un peu cabossée, non loin de l'entrée.

Curieusement, il n'y avait personne devant ce qui servait de hall, un espace peint en orange et couvert de graffitis illisibles où deux néons verdissaient en clignotant un peu. Il ouvrit la portière, sortit et enclencha l'alarme de sa voiture, puis se dirigea vers la porte de l'immeuble, étonné de la propreté des vitres.

Il n'y avait plus de vitres. Il ne restait que le cadre de la porte, qu'il enjamba. Mais l'ascenseur avait l'air de fonctionner. Il appuya sur le bouton. La cage arriva, tout à fait comme un ascenseur normal. Les boutons d'étage étaient intacts. Seuls quelques messages incompréhensibles couvraient les parois, entourant un gros signe Zob et Pine. Edgar comprit seulement à ce moment la blague des gamins.

Septième étage. Tout en haut, le paradis, avait dit Rita sur l'écran du Minitel.

Ses deux autres rencontres Minitel s'étaient déroulées à Cannes même, dans des immeubles plutôt cossus datant du début du siècle. La première avait avorté quand il s'était retrouvé nez à nez avec une grosse, trop grosse caricature d'Italienne fardée comme une septuagénaire russe et parée d'autant de dorures qu'une vraie pied-noir niçoise. Il avait fini sa soirée seul à son hôtel devant un porno de Canal +. La seconde avait duré deux heures, avec une nana si bloquée et si avide de sexe en même temps qu'Edgar ne savait plus sur quel pied danser. Elle n'était pas vraiment moche, et pas vraiment belle non plus. Elle semblait tantôt le dévorer des yeux, tantôt s'effaroucher comme une midinette aux abois. Au bout de deux heures de ce manège, il était reparti, finissant sa nuit au casino du *Noga Hilton*, où certains participants du MIP jouaient, leur badge encore autour du cou, introduisant, comme lui, des pièces dans des fentes. Puis il avait regagné sa chambre où il s'était finalement allongé, avec des cerises, des cloches, des oranges et des cartes de poker imprimés sur ses rétines. En face de lui, sur la commode, son portable le regardait, morne boîte noire où clignotait encore le signal Minitel, minable reflet graphique de ses deux fiascos. Il s'était endormi en songeant à répéter sa tentative, en imaginant une rencontre extraordinaire...

Edgar aimait bien ces descentes sur la Côte pour Flam Productions. Cela le changeait de son absence de vie de famille. Depuis son divorce, il n'avait plus de nouvelles de son ex-épouse. Et ils n'avaient pas d'enfant pour ancrer de faux rapports dans un marécage émotionnel. Edgar préférait ne plus jamais songer à elle. Ses souvenirs lui provoquaient de sérieux maux d'estomac. Même pas un goût d'échec, car pour qu'il y ait échec il faut qu'il y ait eu au moins semblant de réussite. Or, dans ce cas précis, il ne s'agissait que d'une simple erreur. Une erreur qu'il ne commettrait plus.

Enfin, ce soir, pour son avant-dernier soir à Cannes, il pensait avoir trouvé le bon coup. Rita... Sûrement un nom d'emprunt... Elles avaient toutes des noms en A, Lola, Mona, Amanda, Ulla... Mais une verve salace au clavier, qui présageait de douces folies. D'après leur échange « vocal », elle avait tout ce qu'il aimait. Un beau cul, des beaux seins, des yeux verts, et assez de repartie pour qu'on ne perde pas trop de temps en préliminaires. Il était emmerdé quand même. A cause de sa bagnole qu'il ne pouvait pas laisser garée longtemps dans cette cité. Il allait devoir la convaincre de sortir... si elle lui convenait physiquement.

12

L'ascenseur s'arrêta au septième et dernier étage, et la porte coulissante s'ouvrit sur un couloir obscur. Il s'engagea dans le rectangle de lumière découpé par l'ascenseur ouvert, cherchant des yeux un bouton de minuterie. La porte se refermait. Il aperçut le bouton juste à temps. Il appuya et examina les lieux. Un long corridor assez peu tagué. Quelques sacs poubelles accrochés à certaines portes embaumaient le marc de café et les épluchures pourries. Avec optimisme, il se dit que c'était mieux que de tout balancer par les fenêtres. Il avança, examinant les portes. On entendait divers programmes de télé, une sorte de confiture sonore où la série policière américaine doublée dominait largement, cris, hurlements de sirènes de police, coups de feu exagérés. Certains appartements portaient des noms écrits à même le mur ou sur des morceaux de carton punaisés. Les déchiffrant un à un, il arriva au bout. Pas de Rita. Il appuya à nouveau sur le bouton de la lumière, n'ayant aucune envie de se retrouver dans le noir, puis repartit en sens inverse. A l'autre extrémité du couloir, il trouva la bonne porte. Rita était écrit sur ce qui aurait pu être une demi-carte de visite usée par de multiples doigts, dans un petit cadre de plastique beige qui servait également de sonnette.

Pas un bruit à l'intérieur. Il hésitait à sonner. Il se retourna pour être certain que personne ne l'observait, puis colla son oreille à la porte, qui s'ouvrit doucement. Déséquilibré, Edgar manqua se péter la gueule, et se rattrapa de justesse au chambranle.

— Qui est là, fit une voix de femme assez grave, il y a quelqu'un ?

— Euh... C'est moi, monsieur Ed, lança Edgar qui s'apercevait seulement maintenant du ridicule de son nom de code Minitel.

Il y avait quelque chose d'inquiétant dans la voix de cette femme. Une voix jeune et basse, troublée. La femme s'éclaircit la gorge. Edgar referma derrière lui et s'avança dans un petit corridor vers une porte entrouverte sur ce qui devait être le living-room. Tout était étroit, bas de plafond. L'appartement entier aurait tenu dans sa chambre du *Noga Hilton*.

Le corridor, l'entrée comme on n'osait pas dire, servait de portemanteau et de rangement, un vrai foutoir, réduisant encore l'espace. Il s'avança dans la lumière et s'arrêta, avec un violent coup au cœur.

Il y avait bien une jeune femme, plutôt belle, aux yeux verts. En jeans et torse nu. Elle tenait un gros revolver braqué sur un type qui gisait, à moitié sur un canapé beige en face d'elle et à moitié sur la moquette marron, du sang plein les cheveux, au milieu des débris d'une lampe. L'abat-jour déchiré ressemblait à un incroyable chapeau que le type aurait perdu.

Edgar fut pris de panique. Il pivota sur ses talons, prêt à repartir instantanément. Je n'ai rien vu. Je n'étais pas là. Tout cela n'existe pas...

— Bouge pas, dit la fille. Retourne-toi doucement...

— Je... Je n'ai rien vu, balbutia Edgar en obéissant. Je ne tiens pas à être mêlé à quoi que ce soit...

— Dommage, dit la fille, parce que tu vas devoir m'aider, monsieur Ed... Tu vois, je suis sacrément dans la merde... C'est vrai que tu ressembles un peu au cheval parlant...

— Je vous demande pardon ?

— Qu'est-ce que tu fous ici, d'abord ?

— Euh... demanda Edgar, vous êtes Rita ?

— Non, Rita, c'est ma sœur. C'est chez elle ici, et cette espèce de gros dégueulasse croyait tomber sur elle...

— Pourquoi vous n'appelez pas la police ?

— Il n'y a pas le téléphone, ici...

— Comment ? fit Edgar... Même pas un Minitel ?

— Si je te dis qu'il n'y a pas le téléphone ! T'es con comme un bourrin, pour de bon...

— Mais ce n'est pas possible... Je... j'avais rendez-vous ici, avec Rita...

— Rita est morte hier soir, et ce gros con venait fouiller son appart...

— Vous l'avez... euh... Edgar osa un « buté » qu'il pensait approprié au langage de la fille.

— Non, je lui ai juste fracassé le crâne. Le flingue est à lui.

— Et qu'est-ce que vous attendez ?

— Qu'il se réveille... Alors, assieds-toi...

— Ecoutez, je ne voudrais pas me mêler de vos affaires... Je ne vois pas bien en quoi je peux vous aider...

15

— Essaye de le réveiller. J'en ai marre d'attendre. Je suis à bout de nerfs.

Edgar se rendit subitement compte que, malgré ses sarcasmes, cette fille était effectivement au bord de la crise de nerfs. Elle avait peur. Ce qu'il avait pris pour une force verbale, une assurance, n'était qu'un fragile vernis. La poitrine de la fille était couverte de chair de poule et il avait du mal à détacher les yeux de ses seins, pas trop gros, pointes dressées un peu vers le haut. Elle avait les cheveux auburn assez courts, emmêlés, comme si elle venait de les sécher sans les avoir coiffés. Ses mains étaient exsangues, crispées sur la crosse du revolver. Apparemment, elle avait autant de mal que lui à gérer la situation. Retrouvant un peu de self-control, Edgar essaya de lui sourire.

Il savait qu'il n'avait pas un beau sourire, ce qui le gênait dans ses relations professionnelles. Pourtant, il s'était entraîné depuis des années à cacher ses mauvaises incisives avec sa lèvre supérieure, oubliant qu'on apercevait parfois celles d'en bas, qui n'étaient pas plus belles à voir.

— Est-ce qu'il a essayé de vous... euh...violer ?

— Non, j'étais en train de me changer quand il a crocheté la serrure. Croyait qu'il y aurait personne, ce gros tas. Allez, secoue-le un peu, je voudrais savoir qui c'est...

— Après, vous me laisserez partir ?

— On verra. Après tout, t'es peut-être acolyté avec lui. T'es peut-être un excellent comédien. J'ai connu un escroc un jour qui... Peu importe... Allez, monsieur Ed, serre les fesses et gifle-moi le monsieur...

Edgar s'avança vers le type étalé. Il avait la figure qui mangeait la moquette. Et la moquette n'était pas propre. Retenant son souffle, Edgar s'accroupit.

— Te fous pas dans mon champ de tir, dit la fille.

Le cœur à deux cents à l'heure, Edgar obtempéra maladroitement, se contorsionnant dans une position tout à fait inconfortable au lieu de se redresser pour se mettre de l'autre côté du type. Complètement tordu, il avança avec réticence les doigts vers l'encolure de l'homme, qui choisit cet instant précis pour émettre une sorte de râle. Un souffle de mort passa dans la pièce. Les poumons du type semblèrent se dégonfler, et une odeur de merde envahit le minuscule living-room. Edgar faillit étouffer avant de se rendre compte qu'il retenait son souffle depuis au moins trois minutes.

— Oh putain, dit-il, avant d'avaler une grande bouffée d'air vicié. Haletant, il prit le poignet du type, cherchant son pouls. Même quand il cherchait le sien, il avait parfois du mal à le trouver. Mais là, rien, absolument rien. Il réalisa qu'il serrait le poignet du mec comme un forcené. Il le relâcha.

— Je crois qu'il est mort, réussit-il à souffler entre ses dents. Il sentit en même temps un tremblement incoercible envahir ses membres. C'était la première fois qu'il voyait un cadavre. Il était trop jeune quand ses parents étaient morts dans un accident de voiture et, vu l'état des corps, la famille endeuillée n'avait contemplé que le bois des cercueils. La mort était quelque chose d'abstrait pour lui, quelque chose qui n'arrivait qu'aux autres, et en général à la télé, corps mutilés, exécutions sommaires, images frappantes ou images fictives, mises en scène, mais toujours plates comme un écran couleur interposé entre son cerveau et le monde.

— Merde, dit la fille. Fouille-le...

Edgar ne parvenait pas à empêcher ses mains de trembler.

— Je ne peux pas, je n'y arriverai jamais...

— Bouge de là...Tiens, bois un coup, ça te remettra, dit-elle en lui tendant une bouteille de Four Roses à moitié vide. Mais n'essaye pas de te tirer, ajouta-t-elle en rangeant le revolver dans la ceinture de son jean, à même sa peau nue.

Dans d'autres circonstances cela aurait sûrement excité Edgar. Mais là, il se sentait vraiment mal. Il prit la bouteille de bourbon. Le goulot avait encore le parfum des lèvres de la fille. Edgar n'aimait que le whisky pur malt, par snobisme, mais il se fit une raison. Le bourbon était brûlant dans sa gorge et descendit jusque dans son estomac comme une lave fluide, lui redonnant une vague chaleur. La fille avait retourné le cadavre. A genoux sur le corps, elle lui faisait les poches. D'un gros portefeuille elle sortit une petite liasse de billets de cinq cents francs et quelques billets de cent. Elle trouva également une très grosse liasse de billets de deux cents tout neufs dans sa poche latérale. Elle laissa de côté les cartes de crédit, s'intéressa quelques instants aux papiers

18

d'identité, aux clés de voiture, à un petit agenda qu'elle feuilleta rapidement.

— Bon, dit-elle, on va pas le laisser là...

Légèrement ragaillardi par l'alcool, Edgar se dit que, s'il devait tenter sa chance, c'était maintenant ou jamais. Dieu sait dans quelle galère cette espèce de folle essayait de l'entraîner. Il se leva brusquement et se dirigea vers la porte.

— Non ! dit la fille d'une voix sans appel. Il se figea, se retourna doucement. Elle le braquait avec le gros revolver.

— Mademoiselle, écoutez, ça ne peut pas durer... Il faut prévenir la police. C'était un accident. Je peux témoigner en votre faveur. Il a forcé votre porte et vous l'avez assommé. Avec un bon avocat...

— Me fais pas rire, j'ai pas du tout envie de rigoler. Tu vas m'aider à le descendre et on va le balancer quelque part. Les flics se démerderont comme ils pourront avec lui...

C'est à ce moment-là qu'Edgar entendit hurler l'alarme de sa BMW neuve...

— Ma voiture ! cria-t-il, affolé.

— Lui d'abord, dit la fille... Allez, monsieur Ed, un peu de cran... C'est juste un mauvais moment à passer. Prends-le sous les bras et lève-le...

— Et si je refuse ?

— Je te tire une balle dans le genou et je te laisse là avec lui. Tu te démerderas pour expliquer tout ça à la brigade de Nice. Et c'est pas des tendres, crois-moi.

— Mais vous êtes folle !

— Me cherche pas, sinon je te descends carrément, ça t'évitera de me charger quand ils t'interrogeront. Allez, lève-le.

Tremblant comme une feuille, Edgar obtempéra du mieux qu'il pouvait. Il se baissa, passa ses mains sous les aisselles du type et commença à le soulever. La fille en profita pour ramasser un tee-shirt et l'enfiler.

Saisis ta chance, se dit Edgar, à l'instant où elle avait la tête dans l'encolure. Il lâcha soudain le cadavre et fonça vers la porte. Mais la fille s'y attendait. D'un coup de pied bien placé, elle le cueillit au passage, juste dans l'entrejambe. Edgar s'effondra, les poumons vidés d'un seul coup, une douleur intense rayonnant de ses couilles jusque dans son cerveau. Il vit des étoiles qui dansaient, absurdes, idiotes, comme dans les dessins animés. Il n'avait jamais connu vraiment la douleur physique.

— C'est malin, dit la fille. Maintenant, tu vas avoir encore plus de mal à le porter, pauvre con... Allez, relève-toi, je t'ai à peine touché...

Edgar n'avait pas assez de souffle pour protester. Il se mit à genoux, attendant que le ballet d'étoiles cesse. Il avait envie de vomir.

La fille avait enfilé une espèce de saharienne cintrée en imitation léopard par-dessus son tee-shirt et fourré les billets de cinq cents et de deux cents dans ses poches. Edgar avançait péniblement vers l'ascenseur, en soutenant le cadavre comme il pouvait. Le type devait peser au moins quatre-vingts kilos et Edgar était blême, en nage, ses genoux tremblaient. Il entendait toujours l'alarme de sa voiture. Il se disait que cela allait rameuter une voiture de police. C'était sa seule chance, et en même temps comment expliquer une telle situation aux policiers. Lui, plus si jeune vendeur d'une importante société de production de télévision, en train de traîner un cadavre dans la cité des zobs et pines sous la surveillance d'une fille de vingt-cinq ans à vue de nez, armée d'un revolver et les poches pleines de fric...

Dans quel guêpier me suis-je fourré, se lamentait-il intérieurement. De la mort prématurée de ses parents, il avait gardé une tendance à s'apitoyer sur lui-même quand quelque chose n'allait pas. Or là, ça n'allait vraiment pas.

La fille appuya sur le bouton d'appel. Edgar cala le cadavre contre le mur.

— Fais gaffe à pas mettre du sang partout, dit la fille.

— Ecoutez, haleta Edgar, je... je fais ce que je peux...

— On va le mettre dans le coffre de ta bagnole et on remontera nettoyer...

Complètement découragé par cette perspective, Edgar sentit des larmes lui monter aux yeux. Il entendait toujours l'alarme de sa BMW. Le dernier modèle de chez Cobra. Ceux qui tripatouillaient sa voiture n'avaient pas trouvé le code pour la démarrer. Peut-être que de les voir arriver, lui, la fille et le cadavre, les ferait fuir ?

Je vis un cauchemar. Je vais me réveiller au *Noga Hilton* de Cannes et demain matin j'irai à mes rendez-vous au MIP, comme d'habitude, comme chaque printemps et chaque automne quand je descends sur la Côte...

L'ascenseur arriva. Edgar réussit à pousser le corps dedans en le faisant glisser le long de la paroi. Il laissait des traces de sang partout derrière lui. Et avec mes empreintes, se dit Edgar. La fille appuya sur RdC, et Edgar entama sa descente aux enfers.

Sept étages, sept cercles... Et au bout, quoi ? Une situation inextricable. Oui, l'enfer, le vrai. Personne ne le croirait jamais. Il fallait qu'il échappe à cette jeune furie. Mais comment faire ? Il avait beau vendre des séries policières et des drames sociaux ou psychologiques, qu'il se targuait de pouvoir comprendre et analyser, vanter leurs énigmes à des clients dont il ne parlait pas la langue (heureusement qu'il se débrouillait en anglais), il ne lui venait aucune idée pour se sortir de cette horreur. Aucun scénario, aussi échevelé soit-il.

L'ascenseur arriva enfin en bas. Edgar sentit, une fois de plus, qu'il avait cessé de respirer pendant toute la descente. Son cœur avait comme des ratés. La fille sortit la première, non sans bloquer les portes de l'ascenseur.

— C'est ça, ta bagnole ? demanda la fille en désignant l'origine de la sirène.

Edgar se souvenait de la mauvaise plaisanterie des gamins. Et là, autour de sa BMW, c'était les mêmes gamins. Ils avaient pété la vitre côté conducteur et ouvert les portières.

La fille s'avança d'un pas vers l'extérieur. A cet instant, la sirène s'arrêta. Les gamins poussèrent des cris de triomphe.

— Tu l'as niquée mortel !

— Crame la pachole à ta mère !

— T'es trop Baaaad, ô conno !

Avec des yeux qui lui firent peur, la fille regarda fixement Edgar.

— Ecoute-moi bien... Je vais récupérer ta bagnole. Toi, tu m'attends bien sagement ici en tenant notre ami le plus droit possible.

Elle semblait lire dans son esprit. Comme si elle savait que, dès qu'elle aurait le dos tourné, Edgar allait lâcher le cadavre et filer en hurlant dans l'immeuble pour appeler au secours.

— Tu sais, dit-elle avec un sourire méchant, je compterais pas trop sur les habitants de l'immeuble si j'étais toi. Regarde, malgré le boucan de ta saloperie d'alarme, il n'y a personne aux fenêtres. Ils s'en foutent. Ils ont l'habitude. Même si tu nageais dans ton sang dans le couloir, personne ne te prêterait un téléphone. D'ailleurs, ils en ont pas. Ou alors des portables volés. T'es dans un autre monde, ici...

Elle dut percevoir sa panique profonde, car elle changea de ton.

— Bon, d'accord, tu me fais pitié, on va procéder autrement...

Elle prit le cadavre sous l'autre bras et aida Edgar à le soutenir. De sa main libre, elle tenait maintenant l'arme, juste devant le ventre du mort. Elle pouvait ainsi menacer, soit Edgar, soit quiconque leur ferait face à tous trois.

— Allez, on avance, dit-elle.

Titubant moins sous la charge, Edgar se surprit à faire un effort pour aider cette fille dont il ignorait jusqu'au prénom. Porter un corps. Un cadavre. Un mort. Un type qu'elle avait tué, en légitime défense, du moins l'affirmait-elle... Allez savoir...Toute cette histoire le dépassait complètement. Le petit grain de folie qu'il voulait mettre dans ses relations sexuelles en se servant du Minitel l'avait mené à la démence totale.

Ils avançaient vers la bande de gamins, ahanant sous le poids du mort. Il lui vint à l'esprit qu'ils dansaient une drôle de samba lente, qu'ils devaient avoir l'air bourré, tous les trois. Ce devait être ce que pensait le premier gamin qui se retourna. Un petit Black aux yeux immenses, avec comme une mesa de cheveux jaunes sur la tête, parfaitement cylindrique. Et s'il avait les yeux immenses, c'était d'étonnement.

— Méfi, vl'a des connos !

Certains, les plus jeunes, partaient déjà comme une volée de goélands, se dispersant dans le terrain vague qui séparait le bâtiment sept du six.

Mais il y en avait encore trois, installés dans la voiture. Et le petit Black qui ouvrait des yeux terrorisés sur le flingue que tenait la fille.

— Ecoutez, dit-elle d'une voix plate et qui n'amenait aucune discussion, on est fatigués et on veut s'en aller. Alors vous allez vous tirer bien gentiment, sinon je fais un carton que même dans *Nice-Matin* ils en ont pas vu un pareil depuis quinze ans !

— S'k'elle dit la meuf ? fit celui qui était au volant.

— T'occupe, répondit son voisin en se précipitant dehors, elle a une *pièce*...

— Oh, mais je l'remets, çui-là ! C'est zob et pine !

— T'es relou, arrache-toi !

Quinze secondes plus tard, le parking était désert.

— Ouvre le coffre, dit la fille à Edgar, je le tiens.

Le cadavre était assis de travers sur l'aile avant. La tête gentiment posée sur l'épaule de la fille. Edgar voyait les traces de sang à moitié séché sur le léopard de sa veste, des taches supplémentaires d'un genre nouveau. Avec des gestes fébriles il fouilla dans sa poche droite alors qu'il mettait toujours ses clés de contact dans la gauche, finit par les trouver et ouvrit le coffre. Un instant, l'épaisse tôle de la BM lui cacha la fille et son arme. Il ne réfléchit pas, s'allongea et se glissa sous la voiture, tremblant comme une feuille et arrachant son costume beige de chez Smalto.

— Qu'est-ce que tu fous là-dessous ? dit-elle une seconde plus tard. Mais Edgar ne voyait que la gueule du revolver et un œil de la fille, à l'envers.

— Tuez-moi ! hurla-t-il en ne reconnaissant pas sa propre voix. Tuez-moi ! Laissez-moi là ! J'arrête ! Je veux vivre !

— Faudrait savoir, dit la fille...Tu veux vivre ou tu veux que je te tue ?

— Je veux que vous me laissiez tranquille !

— Il y a quelque chose que tu ne comprends pas...

Elle n'acheva pas sa phrase. Quelques secondes plus tard, Edgar vit passer les pieds du cadavre que la fille traînait péniblement jusqu'au coffre ouvert.

Il sentit la voiture s'alourdir. Puis entendit le coffre claquer. Il avait laissé les clés sur la serrure du coffre !

La fille revint vers l'avant. Toujours coincé sous le châssis, Edgar s'affola. Il commença à ramper pour sortir. Mais la fille semblait ne pas vouloir lui en laisser le temps. Elle mit le contact, démarra. Totalement paniqué, Edgar se tourna vers le côté passager et réussit à s'extraire de sous la voiture. Il roula sur le gravier plein d'huile du parking. Il tourna la tête vers la voiture. La fille avait changé de place, s'était assise côté passager et, par la vitre baissée, elle lui braquait son arme sur la tête.

— Maintenant, tu vas arrêter tes conneries et te mettre au volant.

Elle lui fit signe de passer par devant et Edgar obtempéra, comme un zombie. Cette fille semblait pouvoir annihiler toute volonté chez lui. Il se souvenait d'un mauvais film de science-fiction, où des envahisseurs aux grotesques masques de caoutchouc vert avaient un tel pouvoir...

Il n'eut pas besoin d'ouvrir sa portière. C'était déjà fait. Il ne songea même pas à s'enfuir à nouveau. Pour aller où ? A pied dans cette zone...

Il s'installa au volant et referma sa portière.

— Et qu'est-ce qu'on fait maintenant ? osa-t-il demander au bout de trois bonnes minutes de silence pendant lesquelles le revolver était braqué vers lui, presque nonchalamment.

— On va se débarrasser de lui.

— Mais je croyais qu'il fallait nettoyer...

— Nettoyer ? fit la fille qui, visiblement, calculait déjà leurs prochaines heures à venir.

— Ben oui, nettoyer les traces là-haut, fit Edgar en désignant d'un mouvement de tête l'immeuble qu'ils venaient de quitter.

— Non. Ça peut attendre. Les gens s'en foutent, ici. Ils prendront les taches dans le couloir et dans l'ascenseur pour du dégueulis ou pour un nouveau genre de tag gore...

— Vous pensez à tout...

— Malheureusement, non, fit la fille. Démarre.

CHAPITRE 2

Du pont, la joie...

— On ne va quand même pas s'arrêter là ? fit Edgar.

— T'occupe et ralentis, dit la fille sans nom.

Après avoir traversé une zone semi-industrielle plongée dans une solitude couleur d'ambre fluorescent, ils avaient pris l'autoroute en direction de Nice, Menton, Gênes. Passer la frontière ? C'était cela qu'elle voulait ? A chaque seconde, Edgar s'attendait à ce qu'une patrouille de gendarmerie lui fasse signe de stopper sur le bas-côté. Mais ils n'avaient pas rencontré un seul flic. Il sentait la sueur lui couler dans le cou et sur le front, noyant ses sourcils d'une rosée acide, puante. Ses couilles lui faisaient encore mal, du coup de pied reçu. Il n'était pas habitué à la douleur. Les sorties défilaient. Villeneuve-Loubet-Plage, Cagnes-sur-Mer, Saint-Laurent-du-Var... Edgar se sentait plus que mal. Sa merveilleuse voiture lui paraissait lourde comme un camion, à cause du poids mort, sans doute. La fille s'était enfermée dans un mutisme farouche, entrecoupé de vagues indications de direction proférées du ton que prennent sûrement les équarisseurs pour guider les vieux chevaux.

Au péage de Nice-Ouest, la peur avait grimpé d'un cran. Peur d'être pris. De parler. De la bavure... Edgar s'était tortillé pour atteindre de la monnaie dans sa poche de pantalon et payer sept francs à travers son carreau brisé et puis l'autoroute était devenue une suite de côtes abruptes, tronçons à l'air libre coupés de tunnels courbes, soudainement éclairés, dont le sol était couvert de terribles traces de freinages et les parois de souvenirs de chocs effrayants. La fille lui fit signe de ralentir d'un geste du plat de la main.

— C'est impossible, gémit Edgar.

— Arrête de geindre et fais ce que je te dis. Il y a juste la place pour ta caisse.

Ils approchaient de la sortie d'un tunnel au nord de Nice, qui, comme l'indiquait un panonceau à l'entrée, disparaissait pendant mille trois cents mètres sous la montagne. Cette nana est folle... Machinalement, il mit son clignotant.

— T'es pas malade ? cria la fille.

Edgar arrêta le clignotant d'un geste maladroit, manquant perdre le contrôle de sa voiture. Le cadavre devait avoir un volant dans le coffre, et voulait l'emporter avec lui... Non... En souplesse, le lourd véhicule reprit une trajectoire normale, presque de lui-même.

Il rétrograda, faisant patiner l'embrayage sans s'en rendre compte, puis ralentit suffisamment pour pouvoir tourner à droite après la sortie qu'il apercevait, de plus en plus proche.

Les lumières orangées cédèrent la place au grand trou de la nuit, parsemé de réverbères blafards. Edgar assiégeait son rétro de coups d'œil affolés. Il n'avait aucune envie de se faire rentrer dedans par un des cinglés qui se foutaient largement de la vitesse autorisée. Il remarqua une caméra vidéo accrochée au plafond. Il devait y en avoir d'autres ! Partout !

— Et les caméras ? demanda-t-il. Ils vont nous voir...

— A cette heure, ils regardent des séries policières à la con, fit la fille. Ralentis, braque. Stop.

Edgar obtempéra comme pendant une leçon de conduite. Il se souvint tout à coup du jour où il avait obtenu son permis. Son tuteur lui avait offert une voiture. Il pouvait, avec l'héritage de ses parents. Une Mini-Cooper. Rêve de tous les frimeurs de l'époque. Mais cela ne lui avait pas servi à draguer comme il l'avait espéré. Il avait, trop vite, rencontré Marie-Armelle et l'avait mise en cloque. Deux mois après ils étaient mariés et elle faisait une fausse couche qui avait failli tourner au drame. D'où le ressentiment progressif chez elle, d'où leur divorce... Marie-Armelle... Il y a combien de temps déjà ? Mais pourquoi est-ce que tu penses à tout ça, mon pauvre Edgar, là, *maintenant* ? Le flux de ses pensées accélérées se raccorda au réel sur ce mot qu'elle venait de prononcer :

— *Maintenant*, recule et gare-toi sur les bandes blanches diagonales.

— C'est interdit de stationner, murmura-t-il.

— C'est exactement pour cela qu'on s'y met...

Edgar recula, puis coupa le contact. Il s'apprêtait à enclencher le warning. La fille l'arrêta d'un coup du canon de son arme sur les doigts.

— Vous m'avez cassé un doigt ! cria-t-il.

— Mais non, mais non, dit la fille. Par contre, si tu refais une connerie, je te casse tous les doigts.

— Pourquoi vous me traitez comme ça ? demanda-t-il. Après tout, je suis en train de vous aider. Vous devriez, je ne sais pas, moi, me considérer comme...

— Considérer ? Oui, un vrai con sidéré, oui, voilà exactement ce que t'es. Tu crois que tu peux faire un complice ? Ça ferait bien marrer les gardos...

— Les quoi ?

— Les poulets, keufs, condés et autres gendarmes, les gardos quoi...

— Excusez-moi... Il se mordait la lèvre inférieure. Ses phalanges lui faisaient extrêmement mal. Il en ressentait moins son entrejambe. Mais tout ça n'était rien, comparé à la brûlure du ridicule. Ridicule d'obéir dans cette situation ridicule. Ridicule face à cette femme qu'il avait vue nue, enfin à moitié, et qui lui faisait la loi. Parce qu'elle avait une arme. Tout cela était grotesque. Absurde. Dément... Il se mit à rire. D'un rire idiot d'abord, puis de plus en plus fort, gloussant, hoquetant, au bord de baver. Un rire de malade mental gravement frappé. Plus il envisageait les minutes qui devaient suivre, plus il hennissait de rire. Après ? Après, elle le tuerait, comme l'autre. Quelle blague ! Quelle mort idiote ! « MIP TV : Un responsable des ventes de Flam Productions assassiné dans des circonstances mystérieuses sur l'autoroute A8... » Six lignes dans le *Monde* et *Libération*, une demi-page dans *France-Soir* et dans *Nice-Matin*... Risible vie, risible mort... Même pas de quoi faire un épisode de *Derrick*, l'inspecteur déodorant intérieur.

La fille le regardait. C'est de sentir son regard qui le fit cesser de rire.

— T'as fini ? On peut y aller ?...

Il hocha la tête. Maintenant il pleurait. Ou alors c'était une réaction de ses glandes lacrymales après son horrible éclat d'hilarité. Il se sentait con, à pleurer, là, planqué à la sortie d'un tunnel qui ouvrait sur un... Un viaduc !

C'est à ce moment-là qu'il comprit.

— Tu vas sortir, dit la fille, et aller ouvrir le coffre. Tu vas porter notre ami jusqu'au plus loin du pont, et là, tu le feras passer par-dessus la balustrade. Je te surveille. Vas-y...

— Mais pourquoi ? balbutia Edgar.

— Qu'est-ce que tu crois ? On va pas le laisser au bord de la route. En dessous, c'est plein de rochers et de broussailles, ça mettra des jours avant qu'on le retrouve.

— Je ne vais jamais y arriver, gémit-il.

— Mais si, mais si, l'humain a des ressources in-soupçonnées, dit la fille.

La première chose qui saisit Edgar fut le souffle de l'air. Du tunnel se dégageaient des vapeurs d'essence et de diesel, poussées par un vent si chaud que la lueur orange faisait penser à la bouche d'un volcan horizontal. Irrespirable. Les voitures sifflaient, lancées à plein régime par des conducteurs qui rêvaient de déjouer les détecteurs de vitesse. Et le souffle des camions passait en grondant, rangées de phares-yeux, pare-chocs-dents lumineuses entre leurs lèvres luisantes de chrome. Chaque monstre faisait voler les cheveux d'Edgar et le poussait sur le côté. Il dut s'appuyer à la carrosserie de sa bagnole et s'aperçut que, pour se faire entendre dans cet improbable décor, il lui faudrait hurler. Mais elle aussi. Cela les mettait au moins à un certain niveau d'égalité.

Le problème, c'est qu'elle ne dit pas un mot. Debout derrière lui, le flingue braqué, elle se contenta de lui désigner le coffre. Derrière son visage demeu-raient quelques traces du crépuscule, grandes bandes violettes sur fond noir, avec un minuscule liséré d'orange dans un coin, comme si le volcan du tunnel avait mis le feu aux collines lointaines.

L'air brassé relevait la manche de sa veste souillée sur son avant-bras. Edgar ouvrit le coffre d'une main tremblante, les yeux fermés. Il les rouvrit. Le cadavre était toujours là. Ce n'était pas un rêve.

La fille lui fit signe de le sortir en agitant le revolver.

Apparemment, elle n'avait aucune espèce de crainte qu'un automobiliste aperçoive son arme. De toute façon, se dit-il, ils vont trop vite. Et on est cachés par l'embouchure du tunnel... Il se surprenait à avoir encore des pensées rationnelles. Il lui arrivait quelque chose de bizarre. Sa crise de fou rire nerveux devait y être pour quelque chose. Ai-je craqué ? se demandait-il, vaguement inquiet et pourtant moins effrayé qu'auparavant. Il se surprit encore plus quand il tira à lui les épaules du cadavre, d'un geste presque normal, comme pour sortir un très gros sac du coffre. Il se rendit compte qu'il essayait de ne pas regarder le visage du mort. Impossible.

Le sang séché lui faisait une grosse tache de vin sur la figure, avec comme des griffes sur une joue. Edgar aperçut également ses propres mains à la lueur de la petite lampe automatique du coffre. Non, il ne saignait pas. Il y avait peut-être des marques sur ses phalanges, un peu de peau arrachée par le métal du flingue. Rien de bien grave, et il était là, à se plaindre de la douleur de ses doigts, de son costume beige à jamais foutu, de sa sueur, de sa trouille. Alors qu'il avait en face de lui un être humain décédé. Oui. Buté. Canné. Tout mort, quoi. Peu importe qui était ce type. Il n'était plus, le veinard. Un gros tas de chair idiote mais soulagée. Comme lui,

Edgar, quand il mourrait. Faites que ce soit le plus tard possible, songea-t-il.

La rigidité s'était emparée de ce type inconnu. *Rigor mortis*. Une vraie statue. Mais qui c'était d'abord ? Edgar repensa aux liasses de billets dont la fille s'était emparée. A cet instant, elle vint se coller contre son dos, et il sentit l'arme appuyée sur ses vertèbres.

— Avance, hurla-t-elle pour dominer le vacarme sifflant des voitures et du vent.

Fourmi portant trois fois son poids, Edgar commença à marcher. La fille maintenait la pression du canon dans son dos. Edgar tenait le cadavre sous les aisselles. C'était une position maladroite qui lui faisait mal au dos. Il aurait dû le prendre carrément comme les sauveteurs. Mais il n'osait plus changer, maintenant. Les pieds du type glissaient sur l'asphalte, semelles vers le haut, sur les zones zébrées de peinture blanche, épaisse comme du plastique. Ahanant, Edgar le fit légèrement pivoter vers les glissières de sécurité, là où s'étalait une bande blanche continue, pensant que ça glisserait mieux.

Une seconde, il eut la vision du vide, de la hauteur hallucinante de ce viaduc double, qui enjambait une étroite vallée, pentes abruptes et noires, parsemées de vagues lumières, augmentant vers la côte, la ville. L'autre voie était séparée de la leur par un espace de quelques mètres, vertigineuse trouée rectiligne. On ne distinguait pas la déclivité, ni ce qui se trouvait directement au bas du pont. Pour cela, il aurait fallu se pencher. Sur la colline, en face, quelques grands ensembles, vitres teintées par les postes de télé. Et pendant que tous ces braves gens se gavaient de variétés ou de feuilletons rediffusés dont quelques-uns sortaient de chez Flam Productions, Edgar traînait un cadavre. Pour le balancer dans le vide. Le plus sombre polar de série B du catalogue. Mais qu'est-ce qui lui avait pris de jouer comme ça avec son Minitel ? Pourquoi avait-il refusé de faire comme quasiment tous les types de la profession, célibataires ou pas ? Pourquoi n'avait-il pas dragué une des secrétaires ou une des attachées de presse ou de production qui hantaient le festival comme lui ? Par goût de l'aventure ? Pour ne pas subir les ragots de son petit monde, plutôt. Et voilà où ça le menait...

La fille appuya un peu plus fort dans son dos en criant « Stop ». Edgar s'immobilisa, soulagé de ne plus devoir tirer ce poids. Ils avaient atteint un endroit où le grillage de protection devenait moins haut. Elle s'écarta et lui fit signe de pousser le corps par-dessus la rambarde. Puis elle leva la main pour lui dire d'attendre. Edgar regardait les voitures qui arrivaient. On leur faisait parfois des appels de phare. Les hurlements des klaxons se mêlaient au vacarme des moteurs lancés à plein régime. La fille attendait un trou dans la circulation. Un instant de silence et d'obscurité relative qui n'arrivait jamais.

Il apercevait une caméra au loin, au-dessus du pont. Quelqu'un devait les voir. Les enregistrer, même. Pour l'instant, ils avaient l'air de trois ivrognes égarés sur le viaduc. Edgar crut entendre une sirène. Mais c'était sans doute son imagination, sa cervelle qui gigotait comme de la gelée dans un mixer. Les monstres de métal et leurs requins pilotes passaient avec la régularité du pendule d'Edgar Poe. La fille guettait toujours. Un souvenir de peur enfantine remonta. Aussi vite que passaient les voitures. Maurice Ronet dans une adaptation télévisée du *Puits et le pendule*. Etait-ce bien Maurice Ronet ? Et qui était le metteur en scène ? Edgar n'avait jamais revu ce film.

— Après ce camion, cria la fille.

Un énorme semi-remorque. Edgar aperçut distinctement le visage du conducteur. Un brave type avec une moustache rigolote, travaillée. A côté de lui, collée au pare-brise, une plaque d'immatriculation avec son nom de cibiste écrit : RITON, qui grandissait à toute vitesse. Incroyable qu'il ait le temps d'enregistrer des détails pareils. Le souffle du camion leur flanqua une claque. Edgar ferma les yeux.

Rita... Riton... Il y vit un signe d'absurdité intégrale, un signe terrible, comme un avertissement divin quand il est trop tard et que l'inquisiteur est déjà là. Après tout ne s'apprêtait-il pas à commettre l'irréparable ?... Mais est-ce que quoi que ce soit pouvait encore être réparé ?

— Vas-y, dit la fille, c'est bon. Mais remue-toi, putain !

Edgar souleva et fit basculer ce corps inconnu, cette nuque couverte de sang caillé, cette somme de souvenirs éteints qui avait été, quelques heures auparavant, un homme, tout simplement. Dieu que c'est lourd, un homme.

CHAPITRE 3

Le chat

La télé braillait, comme d'habitude, et le salon empestait le chat, la pisse de chat, la merde de chat, le foutre de chat. Des années que Marcel supportait ça, ces chats, cette femme et ces téléfilms américains, ces séries policières pleines de voitures de sport, de villas rose et blanc, comme une Côte d'Azur surmultipliée. Jamais il n'aurait dû accepter d'acheter ce pavillon, trente ans auparavant. La plus grande erreur de sa vie. Ils avaient cru faire une bonne affaire et il s'était laissé emporter par sa décision à elle, Murielle, pour leur retraite, qui devait être heureuse, sur la Côte, au soleil, pas loin du centre de Nice, il y avait des autobus...

Il se leva en soupirant. Il n'en pouvait plus de l'odeur des trente et quelques chats qu'elle avait recueillis peu à peu. Il semblait qu'il en arrivait un nouveau tous les jours, ou au moins une fois par semaine. Des vieux, des jeunes, des tigrés, des râpés, des yeux crevés, des pattes cassées, des en chaleur, des enceintes, des agressifs, des morts d'amour. Leur amour à eux s'était éteint avec les années, une lente

38

accumulation de silences, de séries télé et de chats. Murielle et Marcel. Quand ils étaient jeunes, cela amusait leurs amis, ses amis à elle. Et puis la vie avait continué, la jeunesse avait disparu, les amis aussi, et la solitude s'était installée, à l'aise dans cet intérieur douillet bénéficiant d'un doux climat, malgré quelques inconvénients majeurs dont l'insécurité qui régnait dans le quartier, dans toute la région, semblait-il. Dans toute la France...

Murielle, Marcel, un téléviseur et trente chats. Le tout avec cette menace suspendue au-dessus de la tête, permanente, qui sifflait et grondait la nuit, faisant parfois trembler le pavillon.

Murielle était assise dans ce qu'elle appelait pompeusement le « jardin d'hiver », une vulgaire véranda rajoutée, en verre et alu, pleine de plantes vertes tuées par la pisse des chats. Elle y avait installé quelques vieux matelas semés de couvertures, son fauteuil en rotin favori et sa télévision. Et elle passait ses soirées là, sous le verre couvert de poussière et de gras de gasoil, entre ses plantes mourantes, ses trois ou quatre chats favoris sur les genoux et autour du cou. Les autres s'étalaient un peu partout. Un seul regardait fixement la télé, de son unique œil de borgne. Un gros chat noir avec une oreille déchirée en deux et une balafre qui lui faisait comme un sourire démoniaque de dessin animé. Un matou odorant, un teigneux, un tueur.

C'était le favori de Murielle, celui que Marcel détestait le plus. Craignait, même. Quand il avait essayé de le chasser de la maison, il avait retrouvé ses

chaussons pleins de merde. A l'intérieur, pour en-
gluer ses pieds nus juste quand il sortait de la salle
de bains. Entre le chat noir et Marcel la guerre avait
commencé, sans déclaration. Mais le conflit n'avait
pas duré longtemps. La première fois que Marcel
s'était emparé d'un balai pour lui foutre une correc-
tion, le chat noir l'avait quasiment attaqué, miaulant
dans les graves d'un air particulièrement menaçant,
aplati sur le sol, sa queue battant le carrelage derrière lui. Puis il s'était lentement redressé, avait gon-
flé son poil et craché presque des molards dans sa
direction. Marcel avait cessé de le chasser. Il en
tremblait encore. Depuis, c'était une guerre d'obser-
vation, de tranchées, sans offensives suicidaires.

Malgré la déliquescence progressive de ce qui lui
servait d'univers, Marcel avait encore des rêves. Il se
sentait encore capable de changer de vie d'un seul
coup, de décrocher le jackpot un jour. Car Marcel
était joueur. Murielle détestait ça. Elle ne jouait
qu'aux mots fléchés et était une fanatique des *Chiffres et des lettres* à la télé. Elle avait la conviction
que son prénom lui donnait une espèce de caution
intellectuelle. Comme si elle avait été une sorte de
Delphine Seyrig par exemple. Cela faisait bien rire
Marcel, mais sous cape seulement. Murielle n'avait
absolument rien de Delphine Seyrig. Elle ressemblait plutôt à la Mère Denis. Et elle l'empêchait de
jouer. Même au tiercé. Elle le rationnait, vérifiait les
comptes, fouillait dans ses poches, avait saisi Carte
bleue et chéquier. Heureusement qu'il s'était entendu avec Cathy, la fille du PMU le plus proche.

Cathy tenait sa cagnotte. Une maigre cagnotte, mais une cagnotte quand même. Parce que Marcel, même s'il n'avait jamais empégué le quinté, comme ils disaient par ici, gagnait souvent de petites sommes. Qui lui permettaient de rejouer sans que Murielle s'en rende compte. C'étaient ses seuls moments de liberté. Sa promenade solitaire, son souffle d'air, dans l'atmosphère empuantie par les trente et quelques chats et chatons. Ma vie pue, se disait-il tous les matins en se réveillant.

Comment en étaient-ils arrivés là ? Comment en était-il arrivé à la haïr ? Les chats n'y étaient pas pour rien. Aucune discussion, aucune récrimination, aucune jérémiade n'y avait fait quoi que ce soit. Murielle avait continué à recueillir tous les errants du quartier. Ça durait depuis des années. Et puis le chat noir était arrivé. Quelques semaines auparavant. Il avait mis tout le monde d'accord dans le fragile équilibre de ce troupeau de félins. C'était lui le chef, et lui le favori. Murielle l'avait baptisé Lucifer, comme le chat de Cendrillon, disait-elle. Comme le Diable, oui, se disait Marcel. Un démon borgne. Ce monstre marquait un point de non-retour. Marcel avait bien essayé de convaincre sa femme que ce chat portait vraisemblablement malheur, qu'il avait quelque chose de pas normal, de menaçant. C'est parce qu'il a fait dans tes chaussures que tu dis ça, avait ricané Murielle. Chaque attitude, chaque soupir, chaque tic de Murielle lui était devenu insupportable. Et depuis qu'il était à la retraite, il y était confronté vingt-quatre heures sur vingt-quatre. Des milliers de minutes, des centaines de milliers de secondes. Il en rêvait même la nuit, tout en filant des coups de pied dans sa couette pour se débarrasser des visiteurs poilus et ronronnants. Étonnant qu'il n'ait pas développé une allergie, à force de bouffer des poils à longueur de temps.

À chaque fois qu'il allait chez le médecin, il essayait de diriger la conversation sur les allergies. Il espérait qu'on lui trouve un truc rédhibitoire, sans jamais oser avouer les raisons de ce désir. Murielle n'aurait rien pu dire, face à un avis médical. Oui, la semaine prochaine, quand il irait faire sa visite semestrielle, il aurait le courage de mentir à son médecin, de prétendre s'étouffer. Ou alors, si le toubib n'était pas convaincu, il oserait lui demander carrément de mentir. Aurait-il vraiment ce courage ? Murielle s'entendait très bien avec le docteur Pasquini. Ils avaient une complicité basée sur le vernis intellectuel de Murielle, cette fausse culture issue des magazines féminins épluchés dans la salle d'attente. Pasquini semblait bien aimer Murielle. Quand il l'attendait, ou qu'il attendait son tour, Marcel les entendait rire dans le cabinet. Cela rendait ardue sa tentative de mensonge médical tant désirée. Pourtant, Pasquini pouvait le faire. Ce petit Corse jovial pouvait comprendre le drame d'un homme qui vit sans plus d'amour, entouré d'une meute de fauves miniatures, dans une puanteur irrésistible. Il fallait qu'il le fasse, qu'il le sauve... Marcel se resservit un verre de vin sur la table de la salle à manger, une espèce d'imitation de table de ferme à la patine factice.

— Range la bouteille, dit Murielle sans se retourner. Elle avait les yeux fixés sur le visage impavide de l'inspecteur Derrick, qui menait une enquête diffusée pour la troisième fois. Et j'espère que tu as mis un napperon sous ton verre. Tu es tellement maladroit que tu te débrouilles toujours pour que tes verres laissent des traces, mon pauvre Marcel.

Marcel souleva son verre pour avoir la confirmation de cette sentence et vit effectivement l'implacable rond d'humidité rougeâtre sur le poli impeccable de la table, la trace de son crime, un de plus. Merde ! Du bout du doigt, il étala la trace, tenta de la déformer comme si, en l'espaçant, le bois plastifié usé pouvait l'avaler. Rien à faire. Il lui fallait du Sopalin. Il se leva et fit crisser sa lourde chaise provençale paillée, fabriquée en Hongrie, exprès. Cela agaçait particulièrement Murielle et les chats. Il en vit frémir une dizaine. Certains se levèrent, quittèrent les lieux pour un sommeil plus tranquille. Ce bruit de bois frotté sur le carrelage leur faisait l'effet d'une craie sur un tableau noir.

— Et fais attention en reculant ta chaise. Il faut toujours tout te répéter, mon pauvre Marcel.

D'un pas traînant, lourd de côtes-de-provence et d'amertume, son pauvre Marcel se dirigea vers la cuisine. Il ouvrit un des éléments de cuisine en agglo plaqué chêne et chercha le providentiel rouleau de cellulose. Pas de Sopalin.

— Où qu'il est, le Sopalin ? cria-t-il pour couvrir les théories de Derrick.

— On ne dit pas « où qu'il est » ! répliqua Murielle, qui ne perdait jamais une occasion de l'humilier. S'il n'y en a plus, va dans la réserve. Décidément, faut tout te dire. On dirait que tu n'habites pas ici, mon pauvre Marcel. Et, sur cette pique, elle se replongea dans les délices de sa série.

C'est vrai, se dit Marcel en ouvrant la porte du cellier. On dirait que je n'habite pas ici, parce que je n'y habite pas, en réalité. Depuis longtemps. Je voudrais être ailleurs, être débarrassé de cette plaie et de son troupeau miauleur. Mais ce n'est qu'un rêve. Et ma vie est un cauchemar.

Il appuya sur l'interrupteur du cellier. Rien. Pas de lumière. Il avait oublié de changer les plombs. L'électricité du pavillon commençait à se faire vieille. Mais s'il le mentionnait en râlant, les hostilités prendraient un autre tour. Murielle monterait sur ses grands chevaux et l'agonirait de sarcasmes bien placés. C'était à lui qu'incombaient tous les travaux de bricolage de la maison, même s'il en était peu capable, par maladresse réelle, ou simulée pour essayer de se soustraire aux corvées. Marcel revint donc dans la cuisine pour prendre la lampe torche dans le deuxième tiroir de gauche près de l'évier. Tout a une place, comme elle disait. Heureusement, il n'avait pas oublié de changer les piles. Il retourna au cellier, alluma sa torche et entreprit de chercher le Sopalin de réserve. Ils ne manquaient pas de réserves. Ils auraient pu soutenir un siège. Des sacs de riz et de farine, des bouteilles d'eau, des paquets de lentilles et de pois secs, de l'huile en bidon de cinq litres, des kilos de savon. Malgré ses prétentions intellectuelles de femme moderne, âgée, mais au courant de tout, Marcelle avait gardé une peur irrationnelle de la guerre inculquée par son enfance et ses parents. A chaque fois qu'une crise s'annonçait, politique, pétrolière, économique ou religieuse, Murielle renouvelait les stocks, jetait les produits périmés et trouvait de nouveaux articles à mettre en réserve. La mode était au sous-vide. Elle avait lu quelque part que le sous-vide se conservait très bien. Alors les étagères étaient encombrées de paquets de cacahuètes, pistaches et autres fruits secs (qui sont très nourrissants, elle l'avait lu) et de plats tout faits. En soupirant devant ces montagnes d'absurdités bien rangées sur les étagères, Marcel repéra le Sopalin. Tout au bout. Tout près de son coin à lui, son établi, ses outils, sa canne à pêche inutilisée depuis le jour de son achat, son revolver.

Il était là, bien graissé, dans sa boîte. Ils avaient acquis cette arme en juin 1968, par peur des événements. Et pourtant, ils étaient encore jeunes à l'époque. Ils avaient quoi ? la trentaine bien passée. Mais déjà, la peur de l'inconnu les avait soudés ensemble. Ou plutôt l'avait soudée elle, à lui. A ses horaires, à la répétition immuable des jours. Marcel n'avait pas peur de l'inconnu. Marcel était joueur. C'était peu de temps avant l'achat de ce pavillon où ils avaient passé un mois de vacances par an avant sa retraite. On ne sait jamais, avait dit Murielle. Je n'aime pas trop les armes, mais on ne sait jamais. S'il y avait la révolution, hein ? Si la populace déferlait sur notre chez-nous pour tout nous prendre ? Marcel avait accepté cet achat incongru et, depuis trente ans, il se contentait de graisser ce petit revolver luisant, espérant ne jamais avoir à s'en servir. Même si Murielle se félicitait désormais de cet achat, les rues de Nice n'étant pas sûres, surtout la nuit. C'était dans le journal, tous les matins, juste avant la page des courses qu'il faisait attention de ne pas froisser, s'empêchant de gribouiller dessus en faisant ses paris. Reposant le rouleau de Sopalin salvateur, Marcel s'empara de la boîte et l'ouvrit. Il sortit l'arme et la prit dans sa main. Il s'imagina appuyant sur la détente.

Il sentit soudain une présence, à l'odeur. Il se retourna. Le chat noir était là, dans l'entrebâillement de la porte, découpé en silhouette par la lumière crue de la cuisine. Il était ramassé comme une sorte de gnome diabolique. Marcel braqua le revolver vers Lucifer. Ah ! s'il avait eu le courage d'appuyer... Il se demanda l'effet qu'aurait une balle sur Lucifer. Ce n'était pas du gros calibre, mais quand même. Il défit la sécurité, sans bien se rendre compte de ce que ses doigts faisaient. Puis il réalisa tout d'un coup qu'il braquait le chat et qu'un frémissement de son index droit aurait suffi à... Mais la crise qui se déclencherait alors serait digne d'un conflit atomique. Il deviendrait un assassin. Murielle était capable de lui rendre la vie encore plus impossible, de le murer dans un ciment de honte et de culpabilité. En serait-elle capable ? N'étaient-ils pas déjà parvenus au statu quo du pire ? A une relation si étouffante et si invivable que chaque journée était comme une apnée ? Il remit la sécurité, regardant ses doigts serrés sur la crosse.

Et s'il la tuait plutôt elle ? L'idée venait de se faire jour dans sa tête. Tout amateur de courses de chevaux, de jeux de hasard et autres dérivatifs à l'ennui qu'il était, Marcel n'en avait pas moins consommé une bonne dose de séries policières, forcément, assis à côté de Murielle devant le poste. Sa préférée était sans nul doute *Columbo*. Peut-être parce que la voiture de Peter Falk lui rappelait sa vieille 403, qu'il avait toujours regrettée quand Murielle avait voulu lui faire acheter une DS. Ce qu'il aimait dans les intrigues de Columbo, c'était la foison de détails et surtout le fait que le personnage principal était l'assassin, établissant un plan machiavélique à chaque épisode, plan que Columbo remontait peu à peu, l'air de rien. Mais Marcel savait, par une lecture assidue de *Nice-Matin*, qu'il y avait peu d'inspecteurs Columbo dans la police. D'aucun pays. S'il parvenait à élaborer un plan assez complexe, il s'en sortirait au tribunal. Il n'y aurait guère qu'une enquête de routine. Il saurait feindre la douleur et la tristesse d'un homme dont la femme a été assassinée par des rôdeurs. Le plan se dessinait tout seul, comme un film projeté sur la silhouette noire du chat. Marcel braqua sa lampe électrique sur lui. L'œil unique de Lucifer ressemblait à un phare de DS. Et il ne bougeait pas. On aurait dit qu'il gardait la porte. Qu'il voulait empêcher Marcel de commettre ce crime dont il rêvait subitement. Il faudrait donc buter le chat d'abord, enjamber son corps éclaté, avant de buter Murielle qui se serait levée de son fauteuil en rotin, alarmée par le bruit. Mais quel bruit faisait le revolver, en fait ? Marcel n'en savait rien. Il avait toujours eu l'impression que les fabricants de séries policières exagéraient le bruit des armes. Murielle viendrait vers le cellier, inquiète, peut-être même affolée, et, quand elle ouvrirait la porte, il l'abattrait. Il ne regarderait pas son cadavre. Très vite, il mettrait la maison sens dessus dessous, volerait le sac à main de Murielle, le chéquier et la Carte bleue, puis irait au casino passer quelques heures, se faisant voir, remarquer. Il avait toujours eu envie d'aller au casino. Une fois, une seule, il avait réussi à l'y entraîner. Elle avait trouvé l'atmosphère feutrée et luxueuse complètement inintéressante... Puis il rentrerait tranquillement et appelerait la police. Mais il ne se servirait ni du chéquier, ni de la Carte bleue au casino, bien sûr. N'importe quel apprenti Columbo aurait ainsi trouvé la faille dans son alibi. Heureusement, il disposait de quelques billets de deux cents francs que Cathy lui avait donnés au PMU ce matin même. Dix billets tout neufs qu'il avait soigneusement pliés dans sa poche de pantalon, près de ses clés, sous son mouchoir, pour les vieillir un peu. Cathy lui avait remis ces dix billets, plus cinquante-trois francs de monnaie pour un bonus quatre du quinté de jeudi dernier, qui avait pas mal payé. Marcel avait vu Cathy sortir ces billets d'un sac en toile dans un tiroir, et pas de l'habituelle enveloppe du PMU. Il n'avait rien dit, mais il s'était demandé si ce n'était pas des faux, ou des billets volés. Ce bar-PMU était fréquenté par quelques individus louches. Pas des jeunes. Ou alors prématurément vieillis. Avec de grosses voitures et des chevalières massives. Marcel ne frayait pas avec eux. Mais il savait que Cathy arrondissait ses fins de mois de différentes façons pas très catholiques et notamment grâce à l'organisation de parties de poker clandestines auxquelles il n'avait jamais voulu participer. Sans doute par peur de se faire plumer, ou par peur de ces types si sûrs d'eux, plutôt. De toute manière, Murielle ne l'aurait jamais laissé sortir seul le soir, et surtout pas pour aller jouer ce qu'elle appelait sans arrêt leurs maigres économies. Maigres, mais sérieusement entamées par le budget chat. Parce que ces greffiers ne mangeaient pas de la merde, du bas de gamme. Non. Madame leur offrait le meilleur. Et Madame allait mourir. Oui, ce soir. Et ce soir, Marcel irait au casino, et il jouerait au poker. Pas contre des truands ou des faux truands qui en prenaient les airs. Non. Il jouerait avec ces étranges machines qui distribuent, des heures durant, des donnes de cinq cartes sur un écran couleur. Marcel reviendrait, et il appellerait la police. Auparavant, il aurait jeté le sac vide de Murielle, le revolver, sa boîte, et le cadavre de Lucifer dans un égout, après avoir déchiré le chéquier en tout petits morceaux et brûlé la Carte bleue. Ou alors il la donnerait à un de ces SDF qui hantaient les rues de Nice, pourchassés par la police municipale. Non, c'était idiot. Il la brûlerait. Le SDF risquait de le reconnaître si on retrouvait la carte et qu'on remontait jusqu'à lui. Ne t'affole pas, Marcel. Réfléchis. Ne rien laisser au hasard. Penser à tous les détails. Il faudrait fracturer la porte de l'extérieur. Non. On risquait de le voir de la rue ou d'une maison voisine. Il n'avait qu'à laisser une fenêtre entrouverte. Avec la douceur de l'air, cela paraîtrait naturel. Et puis, rien dans leur habitat ne laissait supposer leur méfiance frisant la folie. Ils n'avaient pas de doberman, pas d'alarme et pas d'armes à la maison... Du moins officiellement. Après trente ans, il serait impossible de remonter jusqu'au revolver. La petite armurerie où il l'avait acheté avait fait faillite vingt ans auparavant.

Une petite mémère bien tranquille assassinée par des rôdeurs. Les journaux mettraient sans aucun doute le crime sur le dos des drogués ou des Arabes, ou des Arabes drogués, comme d'habitude. Des choses comme cela arrivaient tous les jours, toutes les nuits. Et puis Marcel porterait le deuil avec joie. Il se débarrasserait immédiatement de tous les chats. Vendrait le pavillon. Pour ne pas que la SPA le soupçonne de ne pas aimer les protégés de Murielle autant qu'elle, il s'installerait en appartement, près du casino. Il y avait plein de logements à vendre, plein de retraités comme eux qui mouraient sans que personne n'ait les moyens d'acheter tous ces appartements qui se libéraient. Un coup de fil et on le débarrasserait des chats. Il feindrait facilement le désespoir de se séparer de ces trente et quelques amis. Le numéro de la SPA était écrit en gros sur le petit aide-mémoire accroché au-dessus du téléphone, dans l'entrée, entre un caoutchouc bouffé par la pisse de chat et un portemanteau destiné à d'éventuels invités qui ne venaient jamais.

Dans la cervelle de Marcel, ses neurones bouillonnaient. Il se voyait déjà libre, seul, heureux, organisant sa vie entre la lecture des journaux spécialisés dans les courses hippiques, quelques virées au casino, l'achat d'une petite voiture à crédit, quelques bons dîners en solitaire. Puis, plus tard, pourquoi pas, il parviendrait à séduire une femme moins vieille. Il en avait vu plein, la seule fois où il était entré au *Ruhl*. De ces femmes esseulées qui passent leur temps à jouer avec les bandits manchots, avec des rires de petites filles ou la mine sévère de joueuses professionnelles. Oui. Avec sa retraite, il pourrait se payer tout ça. Vivre comme ça. Oh ! pas dans le grand luxe, non. Dans un certain confort, une certaine solitude peinarde. Se payer tout ça, au lieu d'accumuler des réserves pour une guerre qui ne viendrait jamais et de claquer des mille et des cents en boîtes pour chats qui auraient fait le bonheur de dizaines d'affamés humains pendant des semaines.

Marcel se souvenait d'une grande honte ressentie un jour au Mammouth Géant, alors qu'il poussait un Caddie entier, plein à ras bord de boîtes pour minous grand luxe. Il avait saisi une conversation, sans le vouloir, entre l'un des gérants et un représentant, en quittant le rayon animaux. Les deux hommes avaient l'air de dire que nombre de petits vieux se nourrissaient de pâtée pour chats. Que certaines marques étaient même meilleures à manger que les pâtés pour humains et autres terrines parfumées à presque tout qui encombraient le rayon charcuterie. Le gérant avait constaté une recrudescence de la consommation de Ronron aux approches de chaque fin de mois. Quand les vieux n'ont plus assez de pognon pour se payer à bouffer. Ecœuré, Marcel avait continué son chemin vers la caisse et, là, il s'était senti subitement rougir de honte. Il avait alors été absolument convaincu que tout le monde, la caissière surtout, devait le prendre pour un de ces pauvres vieux qui n'ont pas les moyens de s'offrir du rosbif. Et ce malgré son apparente aisance. Il était revenu sur ses pas et avait acheté une bouteille de champagne. Murielle n'avait pas compris ce qu'il voulait souhaiter. Il lui avait affirmé que c'était « juste comme ça », pour boire ensemble. Elle avait haussé les épaules et, pendant les semaines qui avaient suivi, elle avait guetté d'autres signes de folie de sa part, comme un chat qui guette un pigeon. Depuis cette lamentable bouteille de champagne qui ne leur avait procuré aucun plaisir, il avait heureusement réussi à convaincre Murielle de se faire livrer ses tonnes de boîtes. Elle s'était insurgée contre sa paresse et son manque de dévouement, puis elle avait accepté, uniquement parce qu'au-delà d'une certaine somme la livraison était gratuite.

Marcel regarda le chat. Lucifer n'avait pas bougé. Marcel cessa de braquer la lampe vers son œil unique, et, comme si le jeu de la dissuasion ne l'intéressait plus, Lucifer lui tourna calmement le dos. Puis il se mit à gratter le sol, et il pissa dans l'entrebâillement de la porte, avant de rentrer dans la cuisine, la queue haute, sûr de sa victoire. C'en était trop. Marcel prit le rouleau de Sopalin et la lampe de la main gauche, serrant le revolver dans la droite. Il respira un grand coup et regagna la cuisine, enjambant la flaque de pisse qui se trouvait là où il aurait dû y avoir une flaque de sang. Celui du chat noir. Ce borgne infâme avait lu dans ses pensées ! C'était l'insulte suprême, le mépris face aux atermoiements de ce mâle humain, incapable de régner sur son propre territoire.

Tremblant d'une rage contenue à grand-peine, Marcel remit la lampe dans le tiroir de la cuisine. Il allait le faire. Il allait tuer Murielle, sans prendre le temps de lui faire ravaler des années d'humiliations, de vexations, de sarcasmes, de petits rires en coin, de mépris, de tics, de susurrements, de séries télé et de chats.

Dans son dos, sous la « véranda », Derrick balançait des finesses que Marcel n'entendait plus. Il allait se retourner, faire quatre pas, et tirer dans le dossier du fauteuil en rotin. Ou alors dans la tête. Dans sa sale caboche de fausse intellectuelle qui n'avait jamais rien glandé de sa vie, se contentant, tout en râlant à longueur de temps, de briquer son intérieur et d'accepter un coït de plus en plus espacé, jusqu'à un néant total et des lits à part. Puis elle avait cessé de briquer quand il avait pris sa retraite, et le monde, leur petit monde éteint, avait été envahi par les chats. Il lui semblait qu'elle avait attrapé la nonchalance fétide que prônaient ses protégés. Elle se laissait carrément aller, et elle râlait, en plus, dès que lui, Marcel, salissait le moindre truc.

— Tu as rangé ta bouteille et ton verre ? demanda Murielle depuis son fauteuil.

Cela remémora à Marcel la raison de son délire. Il était là, le Sopalin dans une main, le revolver dans l'autre, avec la vie devant lui. Entre Murielle et son revolver, il y avait cette tache de vin rouge comme du sang sur la grosse table de la cuisine. Quatre pas. L'autre côté de la frontière. Oublier la tache de vin, oublier tout. Et les chats par-dessus tout. Il se retourna. Son plan était infaillible. Il allait réussir. Les plans comme ça, conçus dans l'éclair d'une crise profonde, dans ces dernières minutes où le trop devient trop-plein, ne sont, en fait, que le résultat d'un long mûrissement. Rien à voir avec une improvisation. Il se rendait compte qu'il avait imaginé cette scène des dizaines de fois avant ce soir. Oui. Il allait la tuer, puis se donner dix minutes pour tout saccager avant de partir tranquillement au casino. Il irait à pied jusqu'à l'arrêt des bus. Il cacherait son visage derrière son journal. Ne pas oublier le journal. Il collerait le sac de Murielle, le revolver, le chéquier et la Carte bleue dans un sac Mammouth. Il mettrait un chapeau, le seul chapeau qu'elle lui avait offert, il y a vingt-cinq ans, et qu'il ne mettait jamais. Et il jetterait le chapeau avec le reste. Le chapeau suffirait pour atténuer son signalement. Il n'y a pas d'inspecteur Columbo dans la réalité.

Il n'avait plus que trois pas à faire. Sans s'en apercevoir, il avait déjà fait un pas. Et si elle se retournait maintenant ? Si elle le voyait arriver, le revolver dans une main, le Sopalin dans l'autre ? Qu'allait-elle dire ? Qu'allait-elle croire ? Qu'il l'avait sorti pour le nettoyer ? Non, ce n'était pas une heure pour faire ça. Et il ne le faisait qu'une ou deux fois par an, et en sa présence, à sa demande. Non, elle se mettrait à ricaner, en lui disant qu'il était vraiment ridicule « son » pauvre Marcel. Plus que deux pas. Il vit Lucifer qui regardait la télé tourner la tête vers lui et le fixer de son œil unique. L'œil de Caïn. Il leva doucement le revolver. Elle d'abord et Lucifer ensuite. Allez donc dire bonsoir au véritable diable de ma part. Il sentit une espèce de rictus cynique qui lui était parfaitement inhabituel déformer sa lèvre. Pendant une seconde il s'aperçut dans un petit miroir accroché près de l'entrée de la véranda. Un de ces cadres en tissu rosâtre particulièrement hideux dont elle raffolait. Il vit sur son visage, ses lèvres tordues. Il ressemblait à Bogart, avec dix kilos et vingt ans de plus, et pas mal de cheveux en moins. Mais il se vit comme cela, pendant une fraction de seconde, avec l'assurance d'un héros de film noir, la détermination d'Humphrey, empreinte de juste assez d'ironie pour accomplir un acte définitif. Ses yeux revinrent au chat qui le fixait. Quelque chose de diabolique, un sourire de ses petites dents pointues. Une complicité ? Comme si Lucifer savait ce qu'il allait faire, mais n'intervenait pas. Oh, même s'il le ratait, même s'il chiait dans ses chaussons ce soir après le meurtre, Marcel ne lui en voudrait pas. A cause de cet étrange regard. Comme dans le cellier. Lucifer avait eu l'air de lui barrer le passage, mais ensuite, il s'était détourné. Et il avait pissé. Marqué ce nouveau territoire, l'air de dire : fais-en autant, « mon » pauvre Marcel. Mais ce que Lucifer ignorait, c'est qu'il était le second sur sa liste.

Marcel ôta tout doucement le cran de sécurité. Le dos de Murielle, recouvert d'un châle orange fané. Les petits cheveux clairsemés de Murielle sur sa nuque blafarde. La rondeur de ses hanches que le rotin avait presque du mal à contenir. Ses avant-bras boudinés posés sur les accoudoirs. Tout cela allait disparaître dans une seconde. Mais non.

Marcel baissa son arme. Son bras était lourd, soudain. Il n'osait pas. Marcel était un lâche. Il sentit sa rage se muer en apitoiement sur lui-même. Des larmes sèches lui piquaient les yeux. Derrick était en gros plan, avec ses grosses lèvres, presque semblables à celles de Murielle. Comme si elle avait été dans la télé, déguisée en homme, et qu'elle le regardait, ou que la télé était un miroir lui renvoyant son visage, lui disant qu'elle l'avait vu et qu'il avait intérêt à ranger immédiatement ce revolver, puis à passer du Sopalin sur la table pour résorber la rondelle rouge de son verre de vin.

Tout d'un coup, quelque chose creva le plafond de la véranda, une masse, un corps humain, un grand fracas de vitres brisées qui s'abattit sur Murielle, l'écrasant dans son fauteuil. Les chats bondirent tous en même temps dans la pièce, dans un nuage de poils, de crachats et d'éclats de verre, d'aluminium tordu et de plantes fracassées. Puis tout se calma. Certains chats continuaient à gronder ou à glapir.

— Murielle, dit Marcel d'une toute petite voix.

Elle ne répondit pas. Marcel n'en croyait pas ses yeux. Il y avait un homme, un corps, aplati sur Murielle, dans un hachis de verre brisé et de chairs sanglantes. Cette autoroute, ce viaduc que Marcel avait maudit et vomi pendant des années parce que sa construction rendait impossible un bénéfice quelconque sur la vente de son pavillon, cette immense masse de béton qui les surplombait nuit et jour et qu'il avait finie par oublier face à l'invasion féline, venait de lui apporter la délivrance tant attendue. Envahi par un calme absolu, un calme comme il n'en avait sans doute jamais ressenti depuis son mariage, Marcel resta trente secondes parfaitement immobile. Puis il fit demi-tour, ouvrit le placard de l'entrée et y prit son chapeau. Il ramassa le *Nice-Matin* qu'il avait déjà épluché trois fois dans la journée sans toucher à la page des courses et se dirigea vers la porte qui le mènerait à l'autobus et au *Ruhl*. Il écouta dehors un long moment. Rien. Pas un bruit. Dedans, les chats s'étaient calmés. Certains flairaient déjà les traces de sang sous la véranda. Marcel chercha Lucifer des yeux. Un éclat de verre gros comme la lame d'une guillotine avait proprement coupé en deux ce salopard. Bon débarras. Le casino attendait Marcel. Il tâta dans sa poche de pantalon les dix billets de deux cents francs. Il en garderait un pour le retour. Il reviendrait en taxi, puis appellerait la police en découvrant le cadavre de sa femme, aplatie par ce corps tombé du haut du viaduc. Un accident pas plus incroyable que ce qu'il lisait tous les jours dans le journal. Il s'aperçut qu'il tenait toujours le revolver. Machinalement, il le fourra dans la poche de sa veste. Comme disait Murielle, paix à son âme, les rues n'étaient pas sûres, le soir.

CHAPITRE 4

La malle tragique

Une fine bruine s'était mise à tomber et Edgar mit
les essuie-glaces en marche. Les gamins des Aubépines en avaient arraché un, celui côté passager, et la
fenêtre brisée faisait comme un brumisateur sur le
côté gauche de son visage. La fille lui avait ordonné
de redémarrer, et en vitesse. Puis elle n'avait plus dit
un mot jusqu'à la sortie Nice-Est, qu'elle lui avait ordonné de prendre d'un geste de son flingue avant de
lâcher : va vers le port.

Edgar ne tremblait plus. Balancer ce cadavre
l'avait en quelque sorte momentanément guéri,
apaisé pour quelques instants. Il s'était même pen-
ché au-dessus de la balustrade pour suivre la disparition du corps dans l'obscurité de la nuit qui faisait un
lac semé de paillettes, une piètre imitation de ciel,
traversée de réverbères, de vérandas allumées et de
quelques rares phares de voitures, d'un autobus.

S'il continuait à pleuvioter comme ça, sa veste allait être trempée d'un côté. Elle était déjà déchirée,
maculée de boue et de graviers, de sang séché. Il ne
pouvait pas continuer à déambuler ainsi éternellement.

— Qu'est-ce que vous avez l'intention de faire ? osa-t-il demander.

— Ça te regarde pas, répondit la fille, contente-toi de conduire.

— Si, ça me regarde, s'insurgea Edgar.

— Tiens, le cave se rebiffe, dit-elle avec un petit rire sarcastique.

Edgar songea que ce vieux film ne faisait pas partie du catalogue de Flam Productions. Dommage. Il se vendrait sans doute tout seul à la pléthore de nouvelles stations satellite. Mais comment arrivait-il à penser à son travail dans de telles circonstances ? Il se raccrocha à cette idée absurde, provoquant un enchaînement d'images dans son crâne. Il avait un travail, des amis, des relations, un carnet d'adresses électronique extra-plat dans sa poche de veste, une ex-femme et un appartement à Paris, un costume propre et un téléphone portable dans sa chambre d'hôtel. Il se maudit de ne pas l'avoir emporté. Il se souvenait parfaitement de son hésitation avant de quitter sa chambre d'hôtel, deux heures auparavant, à peine. Il avait eu peur qu'on le lui vole. Quand on ne savait pas où on allait, il fallait prendre quelques précautions. Il avait emporté une boîte de Durex, mais pas son portable. Quel con... Cette folle ne l'avait pas fouillé. Pas encore, du moins. Il aurait pu profiter d'un moment d'inattention de sa part pour appeler les flics. Mais pouvait-il les appeler ? N'était-il pas déjà complice de ce meurtre ? Mon Dieu, que va-t-il m'arriver ?

— Eh oui, attaqua la fille comme si elle avait lu

dans ses pensées, on croit qu'on a une vie bien pépère, que tout baigne et qu'on peut se payer une petite séance de Minitel rose discrètement, et puis on se retrouve embringué dans un truc vraiment relou.

Edgar songea qu'elle avait une curieuse manière de s'exprimer, comme si elle avait emprunté seulement quelques mots à l'espèce d'argot actuel des banlieues, langage qui lui était totalement incompréhensible à lui. Le reste de son vocabulaire venait d'ailleurs. D'une autre zone ? Plus ancienne peut-être ?

— Pourquoi ça te branche le Minitel rose, hein ? demanda-t-elle en ouvrant la boîte à gants. Elle y trouva son badge du MIP TV, portant son nom, sa photo, et le logo de Flam Productions, rectangle de plastique suspendu à une espèce de cordon ridicule, publicité pour une grosse boîte américaine. Tous les participants au Marché international des programmes étaient ainsi transformés en hommes-sandwichs pour un de leurs concurrents. Autant dire bouffés. Et ils se croisaient pendant quatre jours et quatre nuits dans les rues de Cannes, pouvant lire le nom et la fonction de leurs collègues, faisant ainsi des rencontres faussement inopinées...

— Je ne sais pas, moi, commença-t-il à dire...

— Si, tu le sais, Edgar, insista-t-elle en lisant son prénom. Tu bosses dans la télé, t'en vois pas assez, des starlettes ? Tu cherches quoi dans la vie ?

— Je ne sais pas bien ce que je cherche et puis il n'y a pas de starlettes, c'est un mythe, de toute façon je ne travaille pas à la production.

— Pourtant c'est écrit dessus, Flam Productions, non ?

— Je suis à la vente. Je vends des films, des séries, à des chaînes de télévision du monde entier.

— Eh ben, t'es tombé sur la mauvaise série, une belle série d'emmerdes, mon pauvre Edgar.

Il ne pouvait pas ne pas sentir une certaine sympathie dans la voix de la fille. Un apitoiement sur son sort d'otage. Il plongea dans la brèche, sans réfléchir, presque ému.

— C'est comment ton nom ? demanda-t-il.

— Ça te regarde pas, répondit-elle. Fais ce que je te dis et tout ira bien.

Vexé, il se tut un moment, ralentissant pour contourner des travaux sur une avenue parfaitement inconnue de lui, qui bordait une espèce de large canal asséché, une longue barrière de béton courbe. Un panneau indiquait la direction du port de Nice avec un petit paquebot dessiné. Le port. Prendre le large...

— Il faut que je retrouve quelqu'un, lâcha-t-elle au bout d'un moment. Et avant qu'on me trouve, moi. Elle rit doucement, et pourtant on aurait presque dit qu'elle pleurait. Il la regarda. Elle était belle, le regard déterminé, braqué sur le pare-brise constellé de gouttes pour cause d'arrachage d'essuie-glace, comme si elle lisait dans mille minuscules boules de cristal qui renfermaient, dans leur luisance humide, mille avenirs possibles. Il se dit que, s'il n'était pas ce qu'il était, s'il avait disons dix ou quinze ans de moins, il serait tombé amoureux d'une fille pareille, instantanément, si les circonstances avaient été différentes, bien sûr. Quelque chose le chiffonnait. Un détail qui frisait l'impossible. Qui lui avait répondu sur le Minitel ? Et d'où, puisqu'il n'y avait pas même le téléphone dans l'appartement des Aubépines ? Comment cela était-il possible ? C'était presque un cas pour Mulder et Scully... Et la dénommée Rita, comment avait-elle pu échanger avec lui les quelques phrases qui l'avaient attiré, si elle était morte la veille, d'après cette fille qui était sa sœur ? Et dans quoi la frangine était-elle embarquée maintenant ?

La fille alluma la radio. Une très belle et très étrange chanson en anglais envahit l'habitacle. Un petit piano, derrière une nappe de violons et de violoncelles, sur une rythmique très rythm'n'blues, lente, des discordances dans le symphonique, probablement du synthétiseur, et puis une voix de femme sûrement noire, assez grave, chaude, émouvante, presque vindicative dans sa beauté, des phrases quasi parlées, affirmées, avec la ferveur d'un credo, s'envolant tout de même en chanson, des petits sons de clochettes à l'arrière plan, puis un diminuendo, un *shunte* et la voix nasillarde d'un DJ remerciant Massive Attack avant d'envoyer un message publicitaire avec, en fond sonore, le thème de *X-Files*. La fille éteignit la radio.

Elle braqua soudain son revolver sur lui.

— Prends à droite.

Il s'exécuta, s'engageant dans une petite rue sombre et déserte.

— Encore à droite.

La BM pénétra dans une autre rue, encore plus sombre et plus déserte. Ce n'étaient que des entrepôts tassés les uns contre les autres. Il y avait, au coin, un café ouvert. Un de ces petits troquets de quartier aux vitres qu'on dirait sales tant on ne voit pas ce qui se passe dedans. Une masse d'habitués. Sans doute des immigrés, échoués sur cet îlot perdu au milieu d'un océan de hangars.

— Gare-toi un peu plus loin.

Il comprit qu'elle allait dans ce café. Retrouver quelqu'un, comme elle l'avait dit. Dans un endroit pareil ? Le mot « pègre » s'inscrivit sur ses rétines en lettres fluorescentes. Evidemment, imbécile, elle en fait partie. Tu ne crois pas que c'est un peu louche cette histoire de malabar qui vient fouiller chez Rita avec un flingue et les poches pleines de billets neufs, même si Rita n'a pas le téléphone ? Et la sœur qui l'assomme et qui ensuite le balance du haut d'un viaduc ? Mais ce n'est pas épisode d'une série, c'est le film de ta vie, *live* et en direct. Le projectionniste a-t-il mis une autre bobine en place sur le second projo ? S'apprête-t-il à enchaîner ? Et combien de bobines y a-t-il ?

Il gara sa voiture derrière une camionnette d'installateur de paraboles pour satellites.

— Mais, demanda-t-il, qu'est-ce que vous allez faire de moi ?

— Intéressante question, champion. Tu as vu *Les Aristochats* ?

— De Disney ?

— Ben oui, pas de Godard.

— Je crois, oui, mais il y a très longtemps... Je ne m'en souviens pas du tout.

— Dommage, tu saurais comment finit le pauvre Edgar. Remarque, c'est le méchant et c'est mérité. Ce qui n'est pas tout à fait ton cas, encore que... Allez, donne les clés et descends, tout doucement, je sors du même côté et n'essaye pas de faire quoi que ce soit. Par ici, on ne s'en fait pas trop quand on entend un coup de flingue, on dit que c'est une mouette qui pète.

En ouvrant la portière, il se demandait comment finissait le pauvre Edgar des *Aristochats*. Quand elle sortit derrière lui et qu'elle le poussa vers l'arrière de la voiture, il se souvint soudain : enfermé dans une malle qui part pour Tombouctou.

Mais la malle arrière de la BM ne partirait nulle part.

— N'essaye pas d'appeler ni de faire du bruit, tu te fatiguerais pour rien, dit-elle en lui faisant signe d'ouvrir le coffre. Il avait déjà vu ça cent fois dans des films, le type qu'on enferme, ligoté, bâillonné, et il avait vu cela en vrai quelque temps auparavant, avec le cadavre de cet inconnu.

— Allez, te fais pas prier, c'est pas l'heure des prières. Pas encore, en tout cas.

En lui jetant un regard éperdu, une énorme boule dans la gorge comme un enfant qui quitte sa mère pour toujours, il enjamba le coffre et s'installa du mieux qu'il put, en chien de fusil. Elle le regarda avec un sourire.

— T'inquiète pas, je reviens dans pas longtemps, dit-elle d'une voix qu'elle voulait encourageante, tout en refermant le coffre.

Edgar n'avait jamais imaginé l'impression réelle que cela pouvait faire d'être cloîtré ainsi. L'odeur luxueuse de la BM, un peu caoutchoutée à cause de la roue de secours, était largement débordée par l'odeur de mort, de merde et de sang du précédent occupant de la malle. L'obscurité totale, le manque d'espace, d'air... Il se raisonna, se dit qu'il fallait qu'il respire doucement, pour économiser son quota d'oxygène. Son cœur commençait à accélérer. Et si elle mettait deux heures à trouver celui qu'elle cherchait ? Et s'il lui arrivait quelque chose ? Elle avait les clés de la voiture... Et si quelqu'un d'autre essayait de voler la voiture pendant qu'elle était dans ce bar ? Et si elle ne revenait pas ? Il avait l'impression d'étouffer, la sensation nette d'inhaler un air de plus en plus vicié par son propre oxyde de carbone. Il fallait qu'il calme le vent de panique qui envahissait son corps, son être tout entier, balayant les grèves de son cerveau comme une tempête force dix. Il entendait sa peur rugir en dedans de lui. Pour tenter d'enrayer ce phénomène, il essaya de se convaincre qu'une fois le jour levé il y aurait du monde dans ces rues, des ouvriers dans ces entrepôts, d'autres clients dans le café, des camionnettes de livraison, une vie. Mais non. On était samedi soir, et demain dimanche ce genre de quartier quasi industriel devait être encore plus mort que d'habitude. Le café louche devait être fermé le dimanche, en plus, avec la chance qu'il avait. Il commença tout de même à marteler le coffre des deux poings. Puis il s'arrêta, en nage. Elle avait raison, c'était inutile.

L'air était de plus en plus chaud, de plus en plus fétide. L'odeur de merde et de mort le prenait à la gorge. Il avait envie de vomir. Il sentait des spasmes contracter son œsophage, son cœur qui se soulevait. C'était plus fort que lui. Il n'avait jamais réalisé qu'il était claustrophobe. Pourtant, une fois, à New York pendant un voyage d'affaires, un des rares qu'il y ait fait d'ailleurs, il n'avait pas apprécié la longueur des trajets dans les ascenseurs. Il était très nerveux, beaucoup plus encore qu'en avion. En fait, quand il venait à Cannes ou à Monaco, il préférait prendre un jour pour descendre en voiture et une nuit pour remonter, au lieu de s'entasser avec les autres dans des carlingues. Preuve qu'il craignait d'être enfermé dans un espace réduit et encombré d'autres humains, fût-ce en classe affaires. Cela aurait dû l'alerter. Il se découvrait maintenant une véritable claustrophobie, une expression grave et profonde de cette maladie qui fait, en général, rigoler les gens.

Après le pendule de Poe sur le pont, il était maintenant face au puits. Il se rendait compte qu'il portait le même prénom que ce célèbre magicien littéraire. Il n'avait jamais fait le rapprochement. Tu es dans une geôle d'Espagne, Edgar, et les murs chauffent et se rapprochent... Mais il n'y aura pas de trompettes lointaines qui sonnent la délivrance prochaine.

L'obscurité envahissait son être, comme si l'air

s'était fait d'encre et, passant par ses poumons, se diffusait dans tout son corps, dans sa boîte crânienne. Il avait pourtant les yeux ouverts. Il les ferma, et des millions de phosphènes couvrirent ses rétines, spirales galactiques vertigineuses qui lui rappelèrent le coup de pied dans les couilles qu'elle lui avait donné. Il avait moins mal, mais sa tête tournait. Je suis en train de tomber dans les pommes, se dit-il. Il recommença à donner des coups de poing et de pied dans le plafond de ce cercueil carré, se tordant du mieux qu'il pouvait. Rien. Personne ne venait, personne ne l'entendait, personne ne l'entendrait jamais. Tant qu'à faire, il aurait mieux fait d'enjamber la balustrade du viaduc. On dit qu'avant de mourir toute votre existence vous repasse devant les yeux. Claude Sautet l'avait très bien exploité dans *Les Choses de la vie*. Ce n'est pas vrai, se dit-il. Peut-être que s'il avait sauté, pendant les quelques secondes du vol précédant l'écrasement, oui, il aurait eu quelques flashes sur son pauvre passé. Mais ici, à l'intérieur de ce sous-marin en panne qui s'enfonçait dans les abysses de sa panique, rien ne semblait lui revenir. C'était bon signe, tenta-t-il de se persuader. Cela voulait dire qu'il n'allait peut-être pas mourir.

Il se mit à chercher dans ses souvenirs un moment qui lui aurait rappelé une telle situation. Mais ne lui revenaient que des séquences de film, le premier *Zorro* qu'il avait vu, à la télé, avec des murs qui se rapprochaient... La poubelle de l'Etoile de la Mort dans *La Guerre des étoiles*... l'asphyxie dans *Abyss*... Il ne se rendit pas compte tout de suite que, partant de ces images de film, commençaient à défiler des scènes de sa vie. Un petit arrosoir en fer tombé dans une fontaine dans le jardin de ses parents. Il avait pleuré. Comme une fontaine, avait ri sa mère. Son père l'avait obligé à plonger son petit bras dans l'eau glacée pour le récupérer. Il croyait qu'il n'atteindrait jamais l'arrosoir. La fontaine était trop profonde, trop froide l'eau, trop grand le jardin envahi de milliers d'insectes étincelant dans le soleil, un parfum de dahlia...

Non, ici, ça sentait la merde et l'oxyde de carbone, le sang et sa propre sueur. Et il avait envie de pisser, terriblement. Mais qu'est-ce qu'elle fout ? commença-t-il à se répéter. Qu'est-ce qu'elle fout ? Qu'est-ce qu'elle fout ? Qui est-ce ? Pourquoi suis-je là, dans cette saloperie de coffre de bagnole ? Il recommença à taper dans le coffre. Puis il se mit à chercher sous lui, se tortillant, pour atteindre le logement de la roue de secours. Il y avait un cric et une manivelle, là-dedans. Peut-être qu'avec le cric il parviendrait à défoncer le coffre ? Non, il n'aurait pas assez de recul pour frapper. Et s'il parvenait à faire levier ? Mais essaye au moins, imbécile, se morigéna-t-il. Il réussit à dégager l'espèce de feutre matelassé qui recouvrait le logement de la roue de secours sous lui. Sa main fouilla au hasard, tâtonnant. Il reconnut le cric, la manivelle. Un clip les maintenait sur la roue. Il glissa son pouce sous l'attache de ferraille. Complètement tordu maintenant, il avait mal au dos. Il s'y prenait comme un manche. Il aurait dû d'abord se retourner, essayer de se mettre dans une posture plus confortable pour faire ça. Il n'était pas à main, c'est le moins qu'on puisse dire. Il poussa le clip, réussit à passer la peau et l'ongle du pouce dessous. Il y eut comme un bruit de ressort, un claquement, et il hurla, le doigt écrasé. Frénétiquement, il dégagea sa main, se cognant le coude dans le plafond du coffre. Il avait mal au pouce, terriblement. C'est fou ce que les extrémités peuvent être sensibles. Il y était habitué, en tant que spécialiste du cognage d'orteil dans les pieds de lit. Il avait gâché ainsi pas mal de soirées érotiques avec sa femme, puis avec ses quelques rencontres sexuelles plus récentes. Il se faisait un mal de chien, juste au moment où, pour rien au monde, il ne fallait ruiner la magie. Par exemple, sortant de la salle de bains, il s'approchait pour attaquer les préliminaires, comme on dit, et se flanquait le petit orteil dans le coin du lit. Il se retrouvait sautant à cloche-pied. En général, elles riaient, et c'était foutu. Il était grotesque...

Son ongle devait être à moitié arraché, déjà noir, écrasé. Il allait avoir un panaris. Il serait obligé de porter une de ces espèces de gant de cuir pour un seul doigt, objet qu'il avait toujours trouvé obscène comme une espèce de capote primitive. Et puis son ongle tomberait. C'était très emmerdant dans son métier, où l'apparence comptait beaucoup. Lui qui était toujours impeccable... Il allait être diminué par une tare que tout le monde verrait. Les gens se poseraient des questions. On le prendrait pour un bricoleur du dimanche ou quelque chose d'approchant. Quelque chose d'incompatible avec son statut social.

Il se mit à rire. D'abord un vrai rire sur lui-même, un rire moqueur. Puis cela devint hystérique, incontrôlable. Il allait crever là et il se souciait de son pouce ! Suce pas ton pouce, disait sa mère. Et il le fit. Il se colla le pouce dans la bouche, encore secoué de spasmes de rire. Puis il se mit à pleurer. Deux fois qu'il pensait à sa mère en quelques instants. Dans son métier, dans sa vie, on ne parlait plus jamais des parents. Sauf pour annoncer d'une mine triste qu'ils étaient morts d'un cancer ou d'une crise cardiaque, ou alors pour prendre un air contrit en faisant ses condoléances. Lui qui était orphelin depuis longtemps n'avait pas acquis l'espèce de dureté, de solidité d'adulte, qu'on imagine chez nombre de gamins brutalement privés d'affection parentale. Au contraire. Il en avait généré une sorte d'hypersensibilité, sans cesse refoulée. Mais il savait pertinemment qu'elle était là, tapie juste au coin de ses larmes d'enfant. En fait, Edgar avait beaucoup aimé ses parents, et leur mort l'avait frappé si soudainement qu'il ne s'en était jamais remis. Pourtant, il n'avait jamais marqué le moindre signe d'émotion profonde. Il avait pleuré, certes, mais comme on s'attend à voir un môme pleurer. Pas plus. Alors qu'il était en état de choc. Et puis, très vite une barrière s'était formée, masquant ses souvenirs. Edgar avait recommencé pour ainsi dire sa vie à zéro avec son tuteur, ses camarades à l'école, la télé, les vacances mornes et répétées, l'exemption du service militaire grâce à un docteur ami de la famille. Après de hautes études commerciales très moyennes et sans grand intérêt, il avait repris le poste et le travail de son tuteur à Flam Productions, une vraie planque selon les critères en vogue, un boulot peinard, grassement payé et défrayé, où il n'avait presque rien à faire. Le catalogue de films et de séries de la boîte se vendait tout seul. Et les gens chargés des productions et des achats étaient très efficaces, renouvelant le stock avec un entrain judicieux. Curieux comme il voyait sa vie sans la moindre présence de Marie-Armelle, son ex-femme, comme si elle n'avait pas existé. Une ombre à peine, dans le tableau grisâtre de ses jours. Il se dit qu'il était en train de délirer. Sûrement l'asphyxie qui commençait. Il avait terriblement envie de pisser. Si la fille ne revenait pas dans les cinq minutes, il allait devoir pisser dans le coffre. Il commença à réfléchir au meilleur moyen de le faire sans se saloper complètement. Ses idées se brouillaient. Le coffre de la BM était apparemment hermétique. Mais il fallait bien qu'il y ait des entrées d'air quelque part. Il se contorsionna et souleva à nouveau le feutre matelassé au-dessus du logement de la roue de secours. Il sentit un filet d'air entrer. Un effluve puant l'essence et l'huile de moteur. Il n'allait pas mourir. Une joie irrésistible l'envahit. Il se sentait comme un héros qui vient de gagner une bataille. On avait voulu le tuer, lentement, et il survivait. Il avait vaincu l'adversité, et ses propres peurs. Enhardi, il se dit qu'il allait peut-être pouvoir pisser dans le logement de la roue de secours.

D'une main malhabile car son pouce droit l'élançait, irradiant de la douleur dans tout son avant-bras, il défit sa braguette. Il sortit sa bite et le coffre s'ouvrit.

Il ne l'avait pas entendue arriver. Elle le regarda. Il tenait sa bite rétrécie entre le pouce et l'index, tirant dessus tout en essayant de la diriger vers le dessous.

— Est-ce bien le moment de te branler, Edgar ? fit-elle. Allez, sors de là et change-toi. Je t'ai trouvé un costume propre.

CHAPITRE 5

Quatre huit et le joker

Tu vois pas qu'il me vienne, le joker, là, maintenant, sur cette foutue baraque à poker, regarde, j'ai
quatre huit... triple... ça me fait déjà soixante-quinze
fois dix balles... et s'il vient, le joker, c'est trois fois
cent, que multiplient dix francs... je pose tout et j'arrête... il ne viendra pas, ce foutu joker... je fais durer
l'attente... elle m'a bien plumé, cette saleté... dans
l'odeur du fluide des joueurs, ce relent de pauvreté
même chez ceux qui arborent nœud papillon et
mains manucurées, cette senteur de tabac froid qui
colle sur le métal brillant des machines alignées,
écrans qui appellent... viens jouer ici, ici tu gagneras,
tu tomberas sur une bonne série de leurs foutus programmes... j'y ai déjà mis combien ? j'en sais même
plus rien... deux mille, trois mille balles... et cette sa-
tanée machine va me donner six cents pauvres
francs... sauf si le joker sort, là, maintenant... parce
que les quintes flushes royales, faut pas trop y compter. Une chance sur quelques millions...

Il faut qu'il sorte, ce putain de joker, il le FAUT...

Kevin étouffait dans des pensées tournoyantes où

les cartes électroniques brillaient, comme sorties des fentes d'une de ces machines, ancêtres du cinéma, ces espèces de rouleaux où un petit chien sautait dans un cerceau, tournant éternellement, refaisant les mêmes bonds, mouvement perpétuel. Il ne remarquait pas l'attroupement qui se formait derrière lui, tous ces gens appâtés par le même suspense, les vieilles acharnées qui ne jouaient que deux francs par deux francs sur les bandits manchots, les décavés du jackpot, les mal rasés de la veille, les millionnaires italiennes en manteau de fourrure, les envieux, les chafouins, les habitués, les heureux, les touristes qui se croyaient à Las Vegas pendant une heure... Tout le monde attendait que Kevin presse sur la touche DEAL... Certains ricanaient déjà, d'autres commençaient à se lasser d'attendre, haussaient les épaules avec un regard bas et fataliste.

Kevin retardait le moment de la décision. Il s'imaginait le programme d'ordinateur faisant défiler des jeux de cinquante-deux cartes, deux trois quatre cinq six sept huit neuf dix valet dame roi as, de trèfle de carreau de cœur de pique, et deux jokers, comme sortis de paquets neufs. Il attendait le moment où passerait le joker, le visage du bouffon, le chapeau à clochettes qui marquerait sa fortune, ou la carte quelconque qui serait le début de son infortune. Pas tout à fait la misère, quand même. S'il n'empéguait pas le carré de huit avec le joker, il se faisait de quoi se remonter un peu par rapport à ses pertes. Il encaisserait les pièces et changerait de machine, essayerait une autre, dans l'espoir de rafler le vrai jackpot, la quinte flush royale à la dixième pièce qui donnait vingt-quatre briques et des poussières au super-jackpot. Cette somme s'affichait sur une sorte d'écran lumineux ressemblant à ces panneaux d'information qui surmontaient les gares ou certains carrefours. La somme se modifiait sans cesse, augmentant centime après centime, au fur et à mesure que les trente machines qui y étaient connectées s'engraissaient de pièces supplémentaires. Voilà ce qu'il allait faire. Oui, c'était un plan raisonnable. Il ne fallait pas compter sur ce foutu joker. Il l'avait déjà tiré sur la donne précédente. Un full qui avait monté le compteur à soixante-dix. Ce qui lui laissait encore six coups à dix pièces.

Quatre huit. Quatre fois le signe de l'infini debout...

Kevin prit une profonde inspiration et appuya sur la touche lumineuse verte qui allait envoyer la cinquième carte sur l'écran. Le joker apparut, et le compteur se mit aussitôt à cliqueter, alignant les chiffres dix francs par dix francs à toute vitesse, tandis qu'une sorte de hampe lumineuse plantée au-dessus de la rangée de machines se mettait à clignoter. Une musiquette débile retentit, avec un je-ne-sais-quoi de tristesse foraine. Quatre huit et le joker ! Pas le gros gros jackpot général, mais le jackpot quand même !... Kevin regardait, fasciné, les francs s'aligner par centaines. Le compteur n'avait pas l'air de vouloir s'arrêter. Derrière lui, des applaudissements et des rires, des bravos, des sifflets. Il n'entendait rien. Il était tiré d'affaire. Ou du moins en avait-il l'illusion, dopé par la victoire. Dans un brouillard de joie dû à l'appât du gain — pas à dire, ça fait du bien quand on gagne — ses emmerdes s'éloignaient. Momentanément.

Deux membres du personnel au visage sympathique s'étaient approchés, écartant de leur simple présence les spectateurs envieux ou amusés. Ils félicitèrent Kevin puis l'informèrent que, malheureusement, l'Etat français prenait une taxe de dix pour cent sur tous les gains au-delà de dix mille francs. Même si on n'était pas français, ce qui était son cas. Contrairement à ce que son prénom pouvait laisser croire, Kevin était suisse, pas anglais. Il avait la trentaine bien tassée, était grand, carré et rouquin, mais avec le bras gauche un peu faible, endommagé par une sale et longue période de sa vie où, pour trouver son plaisir, il se plantait de l'acier creux dans les veines pour y injecter un peu n'importe quoi. Il avait fait un début de gangrène, et son bras n'était jamais redevenu normal.

Suisse, Kevin l'était, mais il l'avait oublié depuis très longtemps. Il avait, dans sa fin d'adolescence, méprisé le confort, la certitude, la fortune, la chance d'être citoyen helvétique. Il s'était lancé à l'assaut du monde, c'est-à-dire qu'il avait voyagé sur le parcours piégé des paumés de la dope, du Maroc à Ibiza, de Hollande à Bangkok, de petits hôtels sordides près de Bombay en cellules sales du sud de l'Italie, de routes solitaires en plages désertes, jusqu'à atterrir sur le port d'Antibes, où il avait retrouvé un copain australien qui bossait sur un bateau de plaisance grand comme la moitié d'un paquebot.

David, c'était le nom de cet Australien, avait ramené quelques sachets d'une poudre insensément bonne, et Kevin s'était chargé de la liquider sur la Côte. Même s'il ne touchait plus aux seringues (le coup de la gangrène mal soignée l'avait fait quelque peu réfléchir), il n'allait quand même pas refuser de rendre service à David, et refuser de se faire quelques milliers de francs en si peu de temps... Mais Kevin avait flambé ce pognon très vite, et il lui avait fallu trouver d'autres combines, d'autres plans de deal pour assouvir sa nouvelle passion, le jeu. Il ne gagnait jamais beaucoup, et rejouait en général ce qu'il avait gagné, persuadé d'avoir perfectionné la méthode qui lui permettrait de gagner gros, s'illusionnant à chaque fois jusqu'à repartir les poches vides, embarqué dans un vertige compulsif. Il lui paraissait évident que cette frénésie venait remplacer son autodestruction précédente à coups de seringue. Il se sentait bien quand il s'asseyait devant une machine à poker, se répétant tous les jours que l'homme était plus fort que la machine, qu'il parviendrait à battre l'ordinateur, à trouver la faille dans le programme, à tenir sans trop dépenser pendant les longues phases où la machine récupérait les pièces versées au précédent gagnant. Kevin savait qu'il avait peu de chances, que les machines ne redistribuent, dans le meilleur des cas, que trente pour cent des mises en gains pour les joueurs quoi qu'en disent leurs propriétaires. Mais il estimait que ces trente pour cent valaient mieux que le un pour cent de plaisir que l'héro lui avait procuré dans les dernières années de sa déchéance. Car c'en était une. Lente et délibérée, comme s'il cherchait à renier ses origines, son statut de gosse de très riches. Kevin s'était juré de ne pas se servir de son passeport suisse pour se tirer d'affaire, de ne jamais appeler ses parents, de ne pas déranger leur confort feutré de banquier libéral. Il avait tenu parole. Il avait même perdu son passeport, en arrivant en France. Mais, une fois en Europe, cela n'avait plus beaucoup d'importance. Il suffisait de ne jamais se trouver en situation de se faire contrôler, et les endroits qu'il fréquentait désormais étaient suffisamment huppés pour diminuer ce risque. Il hantait la Côte d'Azur depuis maintenant six mois, entre Cannes et Monaco, et s'était fait des relations dans la petite délinquance locale et dans les milieux friqués des ports de plaisance. C'est fou comme ces grands bourgeois ou ces milliardaires sur leurs bateaux de luxe avaient envie de choses illicites. Apparemment l'aisance éhontée procurée par leur argent et leur gaspillage inconscient ne leur suffisaient pas, ne leur permettant pas d'apprécier le simple fait d'être vivants. Kevin, lui, appréciait d'être en vie. Tant qu'il y avait des salles de jeu à proximité. Et là, il venait de se tirer d'affaire, étant donné les emmerdes dans lesquelles il était. Il allait pouvoir s'acheter une nouvelle identité, quitter la France et la menace qui planait depuis qu'ils avaient volé le tableau chez maître Desbois.

L'employé voulait lui faire un chèque. Mais Kevin préférait du liquide, même si les billets de cinq cents francs français étaient ridicules. Pensez donc. Un billet de mille francs suisses valait au moins huit de ces billets d'un vert affreux. Quel gain de place...

— Recomptez, monsieur, dit l'employé quelques minutes plus tard en revenant avec une liasse.

— Je vous fais confiance, dit Kevin.

— Non, non, recomptez... Et nous avons besoin d'une pièce d'identité.

— Pardon ?

— Oui, monsieur, c'est la règle. Pour tout montant supérieur à dix milles francs.

— Je n'ai pas mes papiers sur moi, balbutia Kevin qui commençait à s'affoler.

— Je peux vous proposer de conserver cette somme, et vous pourrez revenir avec vos papiers pour l'encaisser.

— C'est très aimable de votre part. Je suis citoyen helvétique, vous voyez, et je n'ai pas l'habitude de me promener avec mon passeport... Bref... Il me vient une idée : pourrais-je, par hasard, mettre cette somme au nom de quelqu'un d'autre, parce que... Il réfléchissait à toute vitesse... Je dois partir en bateau à l'aube, et cette personne doit me rejoindre dans quelques jours. Elle passera même peut-être ce soir. Vous croyez que c'est possible de régler ça comme ça ?

— Non, monsieur, je suis désolé. C'est vous qui avez gagné, c'est à vous d'encaisser.

— Bon... Eh bien je repasserai avec mes papiers.

80

Effondré, Kevin signa une espèce de formulaire qui ressemblait à une quittance de loyer et qui portait son nom écrit au stylo à bille par l'employé. Il détestait signer, quelle que soit la nature de la signature. Cela lui rappelait son père, qui avait passé la majeure partie de son existence à parapher des paperasses, des monceaux de papier autorisant la circulation de sommes incroyables, dont quelques substantiels pourcentages revenaient dans sa poche. Et ce soir, rien dans la poche de son fils. Les briques gagnées, moins les dix pour cent de l'Etat, restaient bloquées dans les coffres du *Ruhl*, qui valaient bien ceux de son père. Kevin était en nage. Il se sentait proche de l'évanouissement. Le cercle des spectateurs s'était disloqué. Certains le regardaient même de travers. Un type sans papiers, pensez donc, dans un endroit comme ça...

Kevin allait quitter la rangée de machines à poker lorsqu'il sentit une présence toute proche. Il se retourna brusquement, souhaitant que ce soit... Mais non. C'était un petit vieux, enfin, pas si vieux que ça, un peu bedonnant, sapé comme un de ces retraités qui hantaient les lieux, avec l'appât du gain étincelant dans les prunelles.

— C'est pas de chance, dit le bonhomme.

— Et dire que j'avais la main... Je n'aurais pas dû encaisser. J'aurais dû continuer et tout flamber, m'arrêter à neuf mille balles, appuyer pour faire dégringoler les pièces et le tour était joué. Mais avec leur saleté de musique qui se déclenche quand on encaisse le jackpot... En plus, avec le bol que j'avais

81

ce soir, si ça se trouve, j'aurais fait la quinte flush royale !

— C'est vrai que vous aviez la main, dit le vieux bonhomme. Est-ce que je peux vous demander quelque chose ?

— J'ai soif, dit Kevin.

— Je vous paye un verre si vous voulez ?

Kevin hocha la tête et fit signe à un des employés. L'homme s'approcha.

— Un bourbon glace, dit Kevin.

— Et moi un demi, dit le vieux.

— Je vous les apporte tout de suite, dit l'employé en s'éclipsant dans la foule.

Kevin entendait les gains dégringoler en petites cascades, les fentes obscènes des machines avaler pièce après pièce, des gens rire, d'autres s'énerver et jurer à mi-voix. Il entendait aussi très distinctement le silence des vrais joueurs, totalement concentrés, absorbés par leur machine.

La menace qui planait au-dessus de lui se fit plus précise. Et si Desbois remontait jusqu'à l'Australien qui avait fourni la coke ? S'il le retrouvait ? Il chassa cette pensée, oublia le Desbois et ses combines, la somme d'emmerdes qu'il avait déclenchée la veille au soir...

— Alors, fit-il au bonhomme, qu'est-ce que je peux faire pour vous ?

— Est-ce que vous pourriez m'apprendre à jouer correctement avec une machine à poker ? J'ai bien essayé de suivre vos mouvements, mais vous jouez tellement vite...

82

Kevin se mit à rigoler.

— Vous apprendre ? Mais il n'y a rien à apprendre. Vous savez jouer au poker ?

— Oui, un peu, dit le retraité, je connais les règles.

— Alors c'est tout simple. Vous mettez une pièce ou deux ou quinze, comme vous voulez, et vous appuyez sur les boutons. La machine vous donne toutes les instructions, vous ne pouvez pas vous gourer.

— Je me sentirais mieux si vous acceptiez de jouer avec moi.

— Mais j'ai plus de ronds, dit Kevin.

— Pourquoi vous n'allez pas chercher vos papiers ? Vous avez gagné plusieurs millions !

— Ce serait trop long à t'expliquer... Comment tu t'appelles ? Ça ne t'ennuie pas que je te tutoie ?

— Non, non... Je m'appelle Marcel et vous ?

— Moi, c'est Kevin.

— Ecoutez, Kevin...

— Ecoute, Kevin !

— Bien, écoute, Kevin, si vous... si tu acceptes, je t'avance, disons, cinq cents francs, et tu me les rembourses si on gagne, ou quand tu auras tes papiers.

— Et je gagne quoi, moi ?

— Ben, disons la moitié de ce qu'on gagnera, ça te va ?

— Oui, dit Kevin en se demandant si Marcel était con ou quoi.

— Je vais changer mille cinq cents francs, dit Marcel.

— En dix, dit Kevin. Et on va changer de machine.

— Bien, bien, fit Marcel, t'inquiète pas, j'ai mes papiers, moi, puis il fit un gros clin d'œil à Kevin avant de s'éloigner vers la caisse.

Ce type se prend pour un acteur de série B, se dit Kevin. Jamais vu un clin d'œil aussi tarte. L'employé revint à ce moment avec les deux verres.

— Faut que vous attendiez, dit Kevin, c'est mon ami Marcel qui a les sous. Il réfléchissait. Après tout, pourquoi ne pas accepter cette proposition naïve et si inhabituelle ? Il avait du temps à tuer. Rien d'autre à faire que d'attendre.

Marcel revint l'air totalement désemparé. Il s'approcha de Kevin et se pencha vers son oreille comme pour que l'employé n'entende rien.

— Ils disent que mes billets sont faux. Je... j'ai dit que je comprenais pas, qu'on... qu'on me les avait donnés à la poste, que j'irais les leur rapporter. Ils me les ont laissés, heureusement...

— Et pour les verres ? murmura Kevin avec un sourire pour l'employé impatient.

D'une main malhabile et tremblante, Marcel sortit une liasse de dix billets de vingt sacs.

— C'est c... combien, bégaya-t-il.

— Quarante-cinq francs, dit l'employé qui avait retrouvé sa bonne humeur.

— C'est... c'est pas cher, parvint à dire Marcel, authentiquement surpris, et il remit la main à la poche, en tirant un billet de cinquante tout fripé.

— Je reviens avec votre monnaie, dit le loufiat.

— Gardez tout, dit Kevin, estomaquant carrément Marcel. Puis il avala son bourbon d'un trait et, prenant le vieux sous le bras, il l'entraîna vers la sortie.

— Viens, on va se démerder pour transformer tes faux billets en vrais.

— Mais comment ? dit Marcel, avançant avec son demi plein à la main, renversant de la mousse sur lui.

— Pose ton verre, Marcel, fit Kevin avec un sourire de renard, tu vas pas sortir avec un demi à la main alors que t'as essayé de leur refiler des faux billets ! On va aller dans les petites rues derrière s'acheter des glaces...

— Des glaces ? fit Marcel en regardant le rouquin comme s'il était complètement cinglé.

— Et puis une part de pizza chacun, poursuivit Kevin, et on prendra un café, et puis un autre au McDonald, et puis...

Le vieux lui sourit. Il avait compris.

Vingt minutes, quatre cafés, six glaces, deux demis, deux cheese et deux sandwiches plus tard (ils avaient balancé le solide et la moitié du liquide dans diverses poubelles), Marcel et Kevin refaisaient leur entrée au *Ruhl*, l'intégralité des faux billets de deux cents balles transformée en une liasse de billets de cent et de cinquante, plus un tas de ferraille qu'ils décidèrent de consacrer à un autre demi et un autre bourbon. Marcel plia ostensiblement deux billets de cent qu'il mit dans la pochette de sa veste. Puis, sur les conseils de Kevin, il alla changer les billets à la caisse de l'étage en dessous, et remonta avec un seau plein.

— C'était pour quoi les deux billets, demanda Kevin, une réserve ?

— Non, c'est pour mon taxi, expliqua-t-il, si jamais...

— Mais on va gagner, Marcel, qu'est-ce que tu crois ? C'est pour ça que tu voulais qu'on s'associe, non ?

— Ben... oui...

— Alors on VA gagner, c'est simple...

Kevin choisit la dernière machine à poker à dix francs de la rangée, la plus éloignée de la caisse. Par superstition.

— Pourquoi celle-ci ? demanda Marcel, avec l'air du disciple devant un maître. Elle n'a pas de joker...

— Je ne sais pas. Une idée comme ça. Et puis le joker, pour ce soir, ça ira... On va essayer cette jolie petite mécanique. Si vraiment elle ne donne rien, on change, d'accord ?

— C'est vous qui savez...

— Essaye de me tutoyer, si tu peux. Allez, Marcel, mets cinq pièces.

— Cinq pièces d'un coup ?

— Oui. Si elle nous paye du premier coup, tu vas pas le regretter.

— Bon, fit Marcel avec réticence.

— Ou alors on fait comme t'avais dit. Donne-moi cinq cents et on partage.

— D'accord, fit Marcel, j'aime mieux ça.

Prenant un seau vide abandonné entre deux machines, Kevin le tendit à Marcel qui lui compta cinquante pièces de dix.

— Bon, alors on commence, dit Kevin, et il mit trois de « ses » pièces dans la machine. Mets-en deux, dit-il à Marcel.

Le vieux obtempéra, et Kevin sourit intérieurement. Cela revenait exactement au même, mais cela ne faisait pas le même effet au retraité. Kevin le regarda en coin, au lieu de regarder l'écran de la machine. Une étrange lueur brillait dans les yeux de Marcel. Pas tout à fait celle du flambeur. Non. Le vieux avait une sorte de rictus au coin des lèvres qui le faisait ressembler à un Bogart presque chauve avec vingt kilos de plus. Ce type a vraiment une drôle de gueule, se dit Kevin. Ce type a un secret.

— Bon, allez, c'est parti.

Kevin appuya sur DEAL.

Dame de trèfle, as de cœur, huit de carreau, sept de cœur et sept de carreau. Pas terrible. Enfin, il y avait deux figures. La machine remboursait à hauteur de deux valets. Si on n'avait pas une paire, elle gardait automatiquement les figures. Là, la paire de sept était gardée. Kevin appuya sur la touche de l'as de cœur, pour le garder aussi.

— Pourquoi tu gardes l'as ? demanda Marcel.

— Simple intuition, fit Kevin, et, mon cher Marcel, faut toujours se fier à son intuition. Parfois, ça marche. Il te vient le deuxième as. C'est un truc que j'ai remarqué, qui arrive assez souvent, surtout avec des sept. Ça marche aussi avec les valets. Mais c'est pas vrai à tous les coups, mon cher Marcel, ne viens pas râler s'il nous vient une autre dame.

Pour Marcel, qui s'était entendu appeler « mon pauvre » pendant des années, le « mon cher » était plus qu'agréable. Ce jeune type était sympathique, souriant, et il avait encaissé la remise de son jackpot à une date ultérieure sans sourciller. De plus, il semblait avoir la baraka. Ou une certaine dose de veine, en tout cas. Marcel en était sûr. En tout cas, il en faisait le vœu, intérieurement, récitant des prières impies au dieu de la chance. Et même si ce soir Marcel perdait tout son argent, l'incident du jackpot refusé avait fait assez de bruit pour qu'on se souvienne de sa présence. Il avait payé un coup à boire à ce malheureux joueur. L'employé se souviendrait de lui. C'était tout ce qui comptait. Aucun laboratoire d'aucune police ne pourrait chiffrer exactement l'heure de la mort de Murielle et quand bien même. Et quand l'accident s'était produit Marcel venait de quitter son domicile pour le casino... Il ne pouvait même pas y avoir de non-assistance à personne en danger. Pauvre Murielle, hachée par sa véranda favorite, transformée en pâtée pour chat.

Kevin appuya sur DEAL.

La dame et le huit furent remplacés par un dix et un magnifique as de pique, ce qui leur faisait deux paires, comme Kevin l'avait prévu. La machine leur demanda s'ils voulaient, en « gamblant » sur une carte, multiplier par deux les dix points qu'ils avaient gagnés.

— On tente le « gamble » ? demanda Marcel.

— Non, fit Kevin. Je ne touche jamais à ce truc.

— Mais j'ai vu des gens tripler leurs gains comme ça en deux secondes, fit le vieux, déçu.

— C'est leur problème, mon cher Marcel. Moi j'ai ma méthode. Elle vaut ce qu'elle vaut, mais je m'y tiens. Je touche jamais au « gamble »... Peut-être parce que j'aime jouer longtemps, songea Kevin, parce que j'aime que ça dure, que je ne suis pas là pour rafler mille balles vite fait, mais pour tuer mes obsessions, mon manque, ma vie... Et il appuya sur la touche sous la flèche qui disait NON. Le compteur enregistra dix points.

Kevin appuya six fois sur la touche BET. Marcel haussa les sourcils.

— Pourquoi six fois ?

— On ne sait jamais, dit Kevin, des fois qu'elle aurait décidé de nous payer deux fois de suite.

Sur l'écran apparurent un roi de carreau, un roi de trèfle, un neuf de pique et un neuf de cœur, avec un trois de carreau sur le côté droit.

— Deux paires ! fit Marcel, fou de joie.

— Full, annonça Kevin à l'avance, avant d'appuyer. Il va nous monter le neuf de carreau...

Mais c'est le roi de cœur qui apparut.

— Ça fait rien, on le prend quand même ! dit Kevin en éclatant de rire. Il sentait ses affaires remonter. Un full par six. Cinquante-quatre points vinrent s'ajouter aux quatre qui leur restaient.

— Et maintenant, tu m'en veux pas si j'appuie dix fois, hein, mon cher Marcel ?

— Pas du tout, mon cher Kevin, fit le vieux, adoptant le même ton.

Le compteur se vida de dix points. Une paire de six apparut, avec trois petites cartes.

— Tu vois pas qu'on se fasse un carré ? rigola Kevin. Je me souviens d'un programme où il y avait un carré juste derrière le full aux rois par les neuf. J'aurais dû appuyer vingt fois...

Marcel sentait l'ébriété du jeu l'envahir. Une sorte de courant électrique le parcourait, agréable au-delà de tout ce qu'il avait ressenti, même en assistant, en direct à la télé, à l'arrivée d'un petit tiercé qu'il avait gagné. Il avait eu du mal à ne pas bondir de joie, ce qui aurait alerté Murielle. Murielle... Elle n'était plus, transformée en hamburger, au milieu de son « jardin d'hiver », dans son odeur de pisse de chat, sous le cadavre d'un type providentiellement tombé du viaduc. Oublie Murielle...

Marcel n'avait jamais gagné de très grosses sommes au PMU. Ce jeune type rouquin a une veine de cocu et moi une veine de... pendu, se dit-il. Kevin faisait durer le suspense, puis, d'un geste faussement appliqué, il appuya sur DEAL... Et les deux autres six apparurent, avec un as pour faire joli au bout. Marcel se sentit trépigner tout seul. Il était debout juste derrière Kevin et, sans le vouloir, la poche de sa veste vint heurter le coin de l'épaule du jeune homme. Kevin ne réagit pas. Il avait répondu non à la machine qui lui demandait s'il voulait doubler son gain de deux cent cinquante à cinq cents, et le compteur grimpait. Un carré par dix. Deux cent cinquante fois dix balles.

Kevin avait senti quelque chose de lourd le frapper doucement. Il ne se retourna pas mais il se demanda ce que cet étrange retraité trimballait de si lourd dans sa poche de veste.

— Bon, maintenant, faut tenir, dit Kevin. Si elle nous a donné un carré, elle va bien nous en donner un autre... Peut-être même un flush...

— Pourquoi on n'encaisse pas ce qu'il y a au compteur, dit Marcel, et puis on rejoue ce qui nous reste dans nos seaux ? Si on ramasse petit à petit, on n'aura pas de problème avec tes papiers, et pas dix pour cent à filer à l'Etat !

— Tu sais que t'es pas bête, mon cher Marcel, dit Kevin. Va donc changer ces seaux en beaux billets usés... Je garde la machine. Et commande-nous quelque chose à boire, en passant.

CHAPITRE 6

La Baie des Anges

La BM était stationnée sur une espèce de terre-plein qui dominait la mer dans l'un des virages de la corniche, entre le port et la promenade des Anglais. Edgar contemplait la noirceur de la mer et les milliers de lumières de la Baie des Anges rendues plus brillantes par la fine bruine, qui avait cessé maintenant, mais dont demeurait une humidité prenante, une présence rendant l'air presque visible, comme un énorme bloc de verre constellé de paillettes. La fille tenait toujours son flingue, mais plus mollement.

— Déshabille-toi, dit-elle.

Ils étaient contre la rambarde, abrités des regards par la voiture. Edgar entendait le ressac sur les rochers en contrebas. L'atmosphère avait quelque chose de propre, comme si la bruine avait absorbé la poussière du jour, les odeurs d'essence et de gasoil des rues, jusqu'au parfum de la mer.

Edgar hésita. Cette situation, si elle n'avait pas été si dramatique, aurait eu quelque chose de risible. Lui, Edgar, obligé de rebaisser son pantalon devant cette fille qui avait déjà aperçu sa bite... Et il avait toujours une terrible envie de pisser et un peu mal aux couilles.

— Si t'as envie de pisser, te gêne pas, dit la fille, et après change-toi, je ne peux pas t'emmener là où je vais dans l'état où t'es. A moins que tu préfères retourner dans le coffre ?

Edgar ne daigna pas répondre. Il entrevoyait sa chance. Elle commençait à l'avoir à la bonne. Plus de coffre ! Il se sentait comme un gamin qui vient d'éviter de passer l'après-midi dans la cave avec les rats. Il jeta un regard presque ému à son charmant bourreau et s'avança jusqu'à toucher la balustrade.

— Je l'ai déjà vue, tu sais, dit la fille, et elle est bien trop petite pour que je la voie d'ici, surtout si tu me tournes le dos !

En ouvrant sa braguette, Edgar se sentit rougir. C'est vrai qu'il avait une petite bite. Cela lui avait toujours posé un problème, un handicap qu'il avait du mal à admettre. Il s'imaginait souvent possesseur d'un membre énorme, long et large, capable de satisfaire la plus exigeante des femmes. Il en avait tellement rêvé, se persuadant que c'était cela qu'il fallait, enviant les mecs bien montés, comme on dit, qu'il en avait développé un complexe terrible. C'était sans doute pour cette raison qu'il chassait désormais les esseulées sur Minitel, ou les nymphomanes qui, emportées par le tourbillon de leurs propres sensations, oublieraient la petitesse de son sexe.

— J'aime pas les grosses bites, moi, dit la fille.

Juste à ce moment, Edgar laissa la pisse sortir en poussant un petit cri de soulagement. Il suivit des yeux le long arc de cercle qui tombait vers la Baie des Anges, brisé un peu plus bas en gouttelettes éparses par une petite brise marine un peu fraîche.

— Magne-toi, dit la fille, on n'a pas toute la nuit.

Tout en se soulageant à un point qui lui fit mal dans la vessie, Edgar songeait au changement de ton de la fille. Oui, elle l'avait à la bonne. De plus en plus. Elle allait le laisser libre, libre de l'accompagner, au risque qu'il lui fausse compagnie. Mais était-il capable de le faire ? Au milieu d'une foule, oui. Il parvint à s'en convaincre, rassemblant ce qui lui restait d'audace, quelques milligrammes épars dans l'océan de sa panique. Apparemment, elle avait l'intention de l'emmener dans un endroit où son aspect extérieur avait l'air de compter. Un endroit où il pourrait demander de l'aide...

Il secoua sa petite bite, la percevant autrement, maintenant que la fille avait avoué un penchant pour les membres pas trop volumineux. Toute honte avait disparu. Il s'imagina même une fraction de seconde avec cette fille... Il avait vu ses seins magnifiques dans l'appartement des Aubépines. Et elle était belle, belle comme l'ange de la baie, belle comme une espèce de jeune Jeanne Moreau moderne. Edgar se retourna pour la contempler, essayant de mettre dans son regard quelque chose qui ressemblait à du désir, ou une invite, une ouverture vers elle, une demande. Tout ça mélangé. Un courant.

Au-dessus du visage de la fille, de l'autre côté du boulevard de la Corniche, un gigantesque monument aux morts faisait face à la mer, comme un défi des

pauvres et fragiles humains lancé aux puissances im-
mortelles des vents et des tempêtes. La fille lui souriait, mais pas aussi gentiment qu'il l'aurait cru. Edgar ravala le courant électrique qu'il avait voulu
faire passer. C'était un court-circuit.

Elle lui tendit un pantalon, serrant la veste sous le
bras qui tenait le revolver.

Faisant attention à ce que personne ne le voie, Edgar défit son pantalon, le laissa tomber et marcha
dessus. Il était en caleçon, le futal en tas sous ses
semelles. Il recula pour enfiler le nouveau. C'était
une espèce de truc en synthétique bleu nuit. Jamais
Edgar n'aurait acheté ni même mis un pantalon pareil. Sans le quitter des yeux, la fille ramassa son
pantalon déchiré et sale, et, d'une main habile, en
fouilla les poches. Elle mit tout ce qu'elle trouvait
dans les poches de sa saharienne panthère. Edgar
avait compris. Une fois fermé le pantalon nouveau,
il vida de lui-même les poches intérieures et exté-
rieures de sa veste (clés de l'hôtel, boîte de Durex,
paquet de Kleenex et de chewing-gum sans sucre
pour l'haleine, portefeuille, porte-cartes de crédit,
stylo-bille Mont-Blanc, minuscule carnet et agenda
électronique) et tendit le tout à la fille, qui le colla
avec le reste dans ses propres poches, sans y prêter
la moindre attention. Du moment qu'elle a tout, se
dit-il, elle me tient. Je n'irai pas loin sans un centime,
sans mes cartes de crédit ou mes papiers. A quoi ça
tient, le courage... A la certitude qu'on s'en tirera
sous prétexte qu'on a un compte en banque, une
identité, une photo de soi-même sur une carte plasti-

fiée, une existence ? un agenda électronique ? Je suis un lâche, se dit Edgar. Un vrai lâche.

La fille jeta la veste beige par-dessus la rambarde, ainsi que le pantalon. Les deux vêtements volèrent d'une manière grotesque, oripeaux de luxe, avant de se fondre dans le noir. Ils feront peut-être un heureux, un SDF qui les lavera, se dit Edgar en pensant au prix de son costume perdu. Il enfila la veste que la fille lui tendait. Une coupe de smoking avec un col trop grand et trop pointu, d'un vert foncé moiré. Je dois avoir l'air d'un clown, pensa Edgar.

— T'es très mode, dit la fille, ça te change, ça te va bien. Ecoute-moi maintenant. On va y aller. Si tu fais tout ce que je te demande, si tu ne dis rien, si tu es sage en gros, mais parfaitement sage, je ne t'enferme pas dans le coffre. Mieux que ça, tu pourras peut-être en tirer un peu de fric si tu veux, ou en tout cas une histoire à vendre pour un de tes films.

— J'ai essayé d'écrire, une fois ou deux, dit Edgar, ça venait bien. Mais je n'ai jamais osé essayer de m'imposer comme scénariste. C'est trop mal payé... Je peux pourtant avoir de l'imagination... Enfin, j'espère que...

— Epargne-moi tes états d'âme, mon pauvre Edgar...

Elle recommençait avec ses « pauvre Edgar ». La douche écossaise. Un coup un sourire et un mot gentil, un coup elle resserrait le licou. Pourtant Edgar avait moins peur. Il s'était en quelque sorte habitué à sa présence, à ce qu'elle ait un flingue à la main, comme si c'était un accessoire, un bijou bizarre ou une sorte d'élément indispensable à la vie moderne, un portable avec, programmé d'avance, le numéro direct de la mort... Et toujours ces yeux ravageurs et cet air déterminé, malgré la fatigue.

— Ecoute, Edgar, ça fait deux nuits que j'ai pas dormi. J'ai fait une grosse connerie, en réalité.

— Oui, vous avez tué ce type.

— Non, pas celle-là. Ça, c'était un accident, en légitime défense. Une connerie beaucoup plus grave, qui a entraîné la mort de celui qu'on a balancé du haut du viaduc, justement. J'étais avec un... « copain », enfin, un type que je ne connaissais presque pas. Et on a fait la connerie de notre vie. Je vais te raconter ça, pendant qu'on y va. Comme ça, tu pourras juger par toi-même si tu veux continuer à m'aider ou pas.

Elle posa la main sur la poignée de la portière.

— On va où ? demanda Edgar, qui ne savait pas bien s'il était prêt à entendre sa confession.

— Dans un endroit où tu pourrais aisément me semer, rameuter tout le monde, me faire arrêter par les gardos, même, et sans difficulté. Mais je ne crois pas que tu le feras.

— Pourquoi ?

— Je ne sais pas bien pourquoi... Je sais que tu ne le feras pas, c'est tout. Surtout quand je t'aurai raconté l'histoire. Et je te ferais remarquer que j'aurais très bien pu t'obliger, toi, à sauter dans la mer avec tes cartes de crédit, ta boîte de capotes, ton précieux agenda électronique et ton costard de merde.

— Je le préférais à cette espèce de veste de clown
et à ce pantalon que vous m'avez donnés.

— Eh bien, tu te trompes. Tu es bien mieux
comme ça. Tu as au moins dix ans de moins.

Elle lui sourit et lui fit signe de remonter dans la
voiture.

— Hier soir, j'étais invitée à une soirée très mon-
daine, dit la fille tandis qu'il démarrait, plus mon-
daine que ça ici, tu meurs. Je sais, quand on voit ma
dégaine, ça peut surprendre, mais rien à foutre.
J'aime bien le champagne, le caviar et la coke. Une
fois de temps en temps, ça me va très bien. En fait,
ce que je préfère, c'est les minuscules petits fours
avec des asperges naines dessus, ça vous a un petit
goût de foutre...

Elle rit. Edgar tenta un sourire, alors qu'il était
quelque peu désarçonné par cette grossièreté.

— Bref, j'étais invitée par un type que j'avais rencontré la veille, peu importe comment...

Là, tout d'un coup, Edgar eut l'impression qu'elle
mentait par omission.

— ... dans une de ces immenses villas du Cap
d'Antibes, en bord de mer s'il te plaît, avec plage de
rochers privée, deux piscines, une d'eau de mer et
une intérieure d'eau douce qu'on peut aussi ouvrir
pour l'été, domestiques, parking avec voiturier, bref
le grand jeu. Putain, c'était le vrai embouteillage,
comme ici ce soir, mais y'avait quasiment que des
bagnoles de sport, des décapotées et des grosses cais-
ses comme la tienne. Bon, je te passe les détails, l'en-

trée avec les colonnes, les quatre buffets, la centaine d'invités, moitié show-biz, moitié glandeurs bourrés de pognon, avec un zeste d'hommes d'affaires et de yachtmen. Quand je vais là-bas, je me dis toujours que je vais rencontrer un milliardaire pas trop craignos, et que je vais vivre un conte des mille et une nuits et enfin sortir de la merde. Mais ça n'arrive jamais. Bref, je commence à m'attaquer sérieux au champ, je cale les bulles avec du caviar iranien et je commence à me demander où est le dealer. Je sais qu'il y en a forcément un quelque part et dans ce genre de soirée, si t'es pas allumée, tu te fais carrément chier. Je l'ai repéré assez vite. Un drôle de mec, plutôt assez jeune, qui cadrait pas avec le reste des figurants et des petits rôles du film. Les grands rôles, ça je m'en étais aperçue assez vite, étaient tenus par le maître de maison, on m'a dit que c'était un antiquaire mondialement connu, et c'est vrai que rien que question meubles et tableaux, chez lui y'avait de quoi acheter le casino de Monte-Carlo s'il était à vendre. Il y avait aussi deux types, une espèce de gros Américain genre John Wayne, ce gabarit-là, qui puait le fric et la vulgarité, et un type très mince, avec des traits vachements fins et la peau crème caramel, avec une petite moustache de prince des mille et une nuits, justement. Mais inapprochable, celui-là... Je te passe les célébrités présentes, les acteurs, les journalistes, les sportifs, les chanteurs, parce que ces trois mecs-là, l'antiquaire et les deux autres, c'était eux qui menaient le bal. Un bal à trois. Ils étaient visiblement là pour quelque chose de particulier. Ils se tournaient autour discrètement, se retrouvaient deux par deux ou tous les trois toutes les dix minutes environ. Ils avaient l'air d'attendre le moment propice pour faire quelque chose qui ne concernait qu'eux, et discrètement. Entre-temps donc, j'avais repéré le dealer, un type assez bizarre avec comme une espèce d'air aussi classieux que les autres, mais déglingué. J'ai connu un peintre célèbre un jour, un peu comme ça, le genre qu'en a plus rien à foutre de rien. Je suis tombée instantanément amoureuse de lui, mais il s'est flingué deux jours après, bourré, en bagnole, avant que je puisse baiser avec. C'est un de mes plus grands regrets.

Là, Edgar sentit pointer une sincérité authentique, ce qui lui rendait plus difficile à supporter l'idée que, sans doute, cette fille mentait, presque maladivement. Mais peut-être se trompait-il ? Peut-être ne faisait-elle qu'exagérer, oubliant elle-même les implications complexes des inventions antérieures, perdue dans ses propres plans, emberlificotée dans une vie aux trois quarts fantasmée, peut-être... comment savoir ?

— Donc, je repère le dealer et, entre lui et moi, il se passe quelque chose un peu comme avec ce peintre, justement. Une espèce d'électricité, tu sais, comme quand tu tombes amoureux.

Edgar se demanda s'il avait jamais été amoureux... Il chercha dans sa mémoire et ne trouva pas de souvenirs assez forts pour ce mot.

— Mais maintenant, poursuivit la fille, je me méfie, je ne laisse plus jamais aller mes sentiments.

Qu'est-ce que je déconne ? Ça te regarde pas, tout ça. Et pourquoi je te raconte cette histoire, après tout ? Pour me déculpabiliser ? En tout cas, j'en ai rien à foutre de ton jugement, sache-le.

Edgar faillit l'interrompre, plonger dans la brèche pour se défendre, mais il ne le fit pas, de peur de se faire encore taper sur les doigts.

— Tu ne dis rien, t'as raison. T'es un sage, comme Baptiste. J'aurais bien aimé m'appeler Garance, moi.

Edgar se surprit à vouloir savoir son prénom. Depuis qu'il avait répondu à l'annonce de Rita sur le Minitel, depuis qu'il avait rencontré cette fille, sa sœur, il se demandait comment elle s'appelait. Peut-être n'avait-elle pas de nom ? Peut-être n'était-elle qu'un courant d'air, une sorte de cyclone. Mais même les tornades ont des prénoms.

— Et alors, avec le dealer, on s'aperçoit qu'on a tous les deux repéré le manège du taulier et de ses deux bizarres poissons argentés. Le Texan et le Saoudien. Ou quelque chose comme ça. L'Américain a une femme genre Barbie trop grosse, qui boit modérément, alourdie qu'elle est par sa parure en diams. L'autre a un garde du corps, bien sage dans un coin. Donc, pendant tout ce début de soirée, je suis le dealer dans sa distribution. Je vois des paquets de coke quitter discrètement ses poches et des billets y entrer. Je sens bien que le dealer a le même genre d'électricité qui le traverse depuis que nos regards se sont croisés. On est du même monde, ou en tout cas on a vécu des choses assez similaires pour se reconnaître dans une foule. Mais il a l'air un peu triste, au fond de lui, derrière un genre de flamme qui me fait un peu peur. Quelque chose de compulsif, tu vois. Ça me fascine et en même temps ça me crie : danger, danger. Pourtant, il me sourit et je sens qu'il pourrait m'aimer, qu'il suffirait de pas grand-chose... Mais pourquoi je me perds dans tous ces détails, c'est sans importance pour toi...

Percevant comme une lézarde dans sa voix, une fissure émouvante, Edgar secoua la tête pour dire que non, que cela l'intéressait prodigieusement, que tout ce qui sortait de sa bouche, désormais, l'intéressait plus que tout au monde... Son silence devait l'avoir convaincue. Elle continua son récit.

— En attendant, il faut quand même qu'il se débarrasse de sa coke. J'en profite à chaque fois qu'il la fait goûter. Je me suis glissée à ses côtés, et c'est comme si on était arrivés ensemble. D'ailleurs les acheteurs ont l'air d'apprécier ma présence, comme si ça rendait la dope meilleure. Peut-être que j'ai l'air d'une spécialiste ? Pour ce moment crucial et répété avec toutes sortes de clients, on est quand même obligé de s'isoler un peu. Le maître de maison, qui a décidément tout prévu, a réservé une bibliothèque pour ces petits moments secrets. On y accède par un escalier assez large, derrière une antichambre couverte de tapisseries anciennes. L'escalier, il est en marbre rose et vert foncé, et il descend aussi vers ce qui doit être un sous-sol. En bas, dans le virage, il est barré par une grille. Assez souvent donc, au fur et à mesure que le bruit se répand que mon nouvel ami a de quoi se replâtrer les sinus, on monte et on redescend cet escalier avec ses clients. La bibliothèque est une pièce magnifique. Pas à dire, le proprio a du goût. Des rangées de livres anciens jusqu'au plafond, une très grande baie vitrée qui ouvre à moitié sur la mer et à moitié sur un bout de cap masqué d'arbres, des fauteuils anciens et confortables, une large table en bois rose vachement travaillé avec un très beau miroir pas trop grand posé négligemment dessus. Un truc vénitien. Faut pas croire, Edgar, mais je m'y connais pas mal en brocante, j'ai de qui tenir. Donc, dans la bibliothèque de cet antiquaire richissime, la lumière du phare d'Antibes balaye le fond du décor, par intermittence, comme un rayon laser blafard, tu vois...

Edgar sourit de cette image un peu pauvre. Elle a quelque chose de touchant. Il a une drôle d'impression. Une sensation inconnue de lui l'envahit, effaçant la douleur de son doigt, les horribles souvenirs de cette soirée. Malgré tout ce qui s'est produit auparavant, n'importe qui d'autre qu'Edgar commencerait à se dire qu'il est en train de tomber amoureux de cette fille, amoureux de son histoire, de son personnage en tout cas. Mais Edgar n'arrive pas à identifier son sentiment. Il est encore trop loin de cela. Il se contente de boire ce qu'elle dit sans s'en apercevoir, sans voir combien elle étanche sa soif de vie. Elle continue à raconter son histoire et elle la dit bien. Elle ménage ses effets. C'est comme le suspense un peu trop long d'un film qui n'entre pas dans les standards de la série d'action. Du Verhoeven revu par Kubrick, avec un peu d'Hitchcock et de

Resnais dedans, le tout à la sauce violente du polar chinois moderne. Chinois encore libre, s'entend. Et cette fille est semblable à l'histoire qu'elle raconte, un mélange étonnant, détonnant.

— Et puis, poursuit-elle, entre deux distributions et deux rails, le dealer et moi on redescend dans les trois salles de réception pour se champagniser et on suit toujours discrètement le manège des trois bons-hommes. D'un coup, on les voit qui se dirigent vers l'escalier. On était en train d'écluser devant un des buffets au milieu des fêtards. On se regarde. On pense les mêmes choses. Est-ce qu'ils vont venir acheter ce qui reste de coke ? Non. S'ils en vou-laient, ils l'auraient déjà fait. D'ailleurs ils ne mon-tent pas, ils descendent et s'arrêtent devant la grille. L'antiquaire maître de maison sort une carte magné-tique de sa poche, il la glisse dans la serrure et il ouvre. Le dealer a vu, comme moi : le type, après avoir fait passer les deux autres devant lui, a tiré la grille très doucement, la remettant en place sans qu'elle se referme. Elle a l'air *lockée*, de loin, mais en fait elle est ouverte. Il suffit d'un coup d'œil échangé. Le dealer a compris. Ces trois-là vont dans la caverne d'Ali Baba et Sésame est ouverte. On at-tend cinq minutes et puis, après avoir vérifié que personne ne nous mate, et surtout pas le garde du corps de l'espèce de prince en smoking, on prend l'air le plus détaché, ou le plus pété possible, et on descend discrètement derrière eux. Enfin, on se re-met à être naturels une fois qu'on a tourné le coin de l'escalier. Les volées de marbre amènent à une salle cubique, tout en marbre vert du sol au plafond et là, il y a une énorme porte, blindée, avec tout un mécanisme compliqué et plein de barres qui rentrent dans les murs. Elle est entrouverte. Je sais comment il se sent, ce type à côté de moi. Il se sent comme moi. Comme deux mômes planqués derrière une palissade et qui matent des adultes en train de baiser dans une brouette dans la cour de la ferme. Ou quelque chose d'approchant. J'ai presque envie de remonter. Je me dis qu'ils vont examiner une collection pas catholique, un truc obscène, ou crade. Des vidéos pédophiles, tu vois, ou des assassinats filmés en direct, un truc comme ça. Mais je me goure complètement. Les deux types sont des clients haut de gamme, des vrais, que l'antiquaire a réunis. Le maître de maison a peut-être passé son début de soirée à organiser sciemment leur rivalité devant ce qu'il veut leur montrer. Un peu comme des enchères privées. Il me passe plein de suppositions dans la tête. Ils sont tous les trois de dos dans une sorte de grande chambre forte toute grise. On se croirait dans un bateau de guerre du futur, c'est sobre et indestructible. Il y a des coffres de tailles différentes dans les murs et comme des tiroirs. Il y en a un qui est ouvert et ils sont tous les trois penchés dessus. Je me demande vraiment ce qu'ils regardent, tu vois. (Elle fait durer, Edgar est suspendu à ses lèvres, coincé dans l'embouteillage classique de Nice le samedi soir en bord de mer.) Et puis le maître de maison le prend, du bout des doigts, avec des gestes vachement maniérés, et il le soulève pour le montrer aux deux

autres dans la lumière. Les deux autres reculent. Et
là je le vois. Et le dealer le voit aussi. C'est un
tableau, oh, pas très grand, et sans cadre. Il n'y a que
la toile, et elle est vieille sur les bords, d'une drôle
de couleur usée là où on l'a défaite. On voit encore
les pliures et les trous des clous. Et c'est le plus beau
tableau que j'aie jamais vu. Très ancien. C'est une
femme et une petite fille, très belles toutes les deux.
Y'a un paysage derrière, et un ciel comme le soir.
Elles marchent sur une route. C'est super beau, tu
peux pas savoir. Je regarde le dealer. Je ne sais toujours pas son prénom. Avec tout ça on a oublié de
se présenter. Notre complicité nous a suffi. Et dans
ses yeux, je vois autre chose que dans les miens, je
crois. Je vois des dollars allumés. Et pourtant, dans
son allure, et sur sa gueule y'a pas écrit requin assoiffé. Mais ce que je prends pour des dollars, en
fait, il me l'expliquera après, c'est juste la lueur de
quelque chose que je ne sais pas encore et dont il est
sûr et certain : ce tableau est d'un grand maître de
la Renaissance, et il n'est pas répertorié.

Sans qu'il sache bien pourquoi, Edgar a la conscience d'entendre enfin sa vraie voix, comme si la
fille s'était débarrassée d'une espèce de vernis obligatoire, un vernis de zone, de langage de marginale
branchée, et qu'elle retrouvait l'usage de vrais mots,
de mots qu'elle n'emploie plus souvent, mais qu'elle
connaît.

— Tu vois, c'est un peu comme si on avait pu
prendre une photo de ce qu'était réellement une

femme accompagnant une petite fille en balançant une caméra à travers le Time Tunnel...

Ou *La caméra explore le temps*, songea Edgar. Mais la fille était trop jeune pour avoir connu ces reconstitutions historiques jouées en direct et retransmises en noir et blanc. Elle s'arrête une seconde, comme si elle revoyait le tableau et continue sa description.

— ... Rien que cette image, on dirait que ça remet en question toutes nos idées sur le passé, comme ils disent dans le poste. Pareil que les fresques de Lascaux, tu vois, qu'on a du mal à imaginer peintes par des groumphfs. Moi, je n'ai pas encore capté tout ça. Cela viendra seulement après, quand on aura le temps de discuter moi et le dealer. Et même après, et même encore maintenant, j'ai du mal à m'y faire. Ce qu'on lit dans leurs yeux, à cette femme et cette petite fille, c'est la beauté, l'étrangeté, la profondeur. Je te parais conne avec ce genre de mots, non ? Mais c'est vrai. C'est un tableau inestimable. Le dealer a pas eu besoin de me l'expliquer longtemps. Je l'avais pigé tout de suite. C'est un mot qu'on n'emploie que rarement et souvent à tort et à travers. Or là, en ce qui concerne ce tableau, c'est justifié. Et l'autre pourri d'antiquaire milliardaire est en train de le vendre au plus offrant des deux trilliardaires. Et personne ne le verra jamais, ce tableau. Il finira dans une autre chambre forte, pour le plaisir de quelques mecs bourrés de blé. C'est pas pour me justifier, mais c'est tout un morceau de l'histoire du monde, de la beauté de la terre qui va disparaître, tu vois. Alors je me sens venir l'âme d'une voleuse, comme on dit. Je ne suis pas voleuse, tu sais...

Une fois de plus, Edgar se dit qu'elle mentait. Cette fille volait tout, le sourire des hommes, la beauté du ciel, du saumon dans les supermarchés, du sexe quand elle pouvait... elle volait très haut, aussi... Edgar était en train de tomber amoureux d'elle. Mais il n'en avait toujours pas conscience. Il sentait monter en lui comme la septième vague, la grosse qu'on n'attendait pas alors qu'on devrait savoir qu'elle arrive forcément, comme tout revient.

— Et le dealer, poursuit-elle, il se passe exactement la même chose dans sa tête à lui. On est là, deux cons qui se connaissent même pas, comme deux mômes trouvant le trésor des pirates ou le Saint-Graal dans le coffre d'une Rolls qu'ils auraient « empruntée » pour se changer un peu des trains de banlieue. Dans ces moments-là, mais je sais pas si je revivrai quelque chose comme ça un jour dans ma vie, l'air n'a plus la même texture et le temps s'allonge. Avec toute la coke que j'avais prise, le temps aurait pourtant dû s'accélérer...

Edgar n'en savait rien. Il n'avait jamais pris de coke. Il en avait toujours eu peur. Et maintenant, il en avait envie.

— ... mais non, tout était comme liquidifié, l'atmosphère y compris. L'antiquaire et les deux amateurs d'art avaient l'air de poupées de chiffon, sans consistance. Un tas de tissus de luxe sur de la merde à modeler. Même le gros Texan. Il n'a plus d'allure, avec ses hanches épaisses et sa nuque de taureau.

C'est là qu'il prend le coup, d'ailleurs. Le dealer, tu vois, sans que je m'en rende compte, il a enfilé un gant et il s'est lancé en avant. Il a sorti un rouleau de pièces comme on t'en donne au casino, il l'a serré dans son poing droit et il a frappé d'entrée. Les deux autres ont à peine le temps de réagir. Je me retrouve au milieu de la chambre forte sans savoir comment mes pieds m'ont amenée là. Le petit moustachu fin aux allures de prince arabe s'est mangé un pain aussi, et il est tombé, il s'est cogné la tête contre le mur. Le dealer est déjà sur l'antiquaire qui lui dit « déconne pas, petit », mais ça l'arrête pas. Moi j'ai déjà les deux mains sur l'autre bout du tableau que tient toujours l'antiquaire. Il va pour gueuler ce con, mais le dealer le frappe en plein dans l'estomac, et l'autre pousse un grand soupir couinant, et il lâche le tableau. En deux secondes on est dans l'escalier et j'ai déjà roulé la toile, comme si j'avais fait ça toute ma vie et puis je l'ai glissée sous mon bras, sous ma veste, là.

Elle lui montre comment elle a fait. Edgar quitte un instant des yeux la voiture qui les précède. Il la regarde. Elle a les yeux qui brillent, qui brillent...

— Tu peux pas savoir l'effet que ça m'a fait d'emporter cette image. Parce que c'est rien qu'une image, hein ? Immédiatement je me suis dit que j'aurais dû faire plus attention en la roulant, pour ne pas la craqueler. Mais je ne vois pas bien comment j'aurais pu faire autrement. Et puis le dealer a refermé la chambre forte sur les trois zozos et il referme la grille de l'escalier. Même s'ils gueulent comme des ânes en bas, les fêtards du rez-de-chaussée et des étages mettront du temps à les entendre.

Quand on re-rentre dans la grande salle de réception, le garde du corps nous jette un regard. J'ai l'impression qu'il a vaguement compris, ou en tout cas pigé qu'il se passait quelque chose de pas naturel. Ces cons-là, ils ont un sixième sens. Remarque, ils sont payés pour ça. Mais on a repris l'air le plus naturel possible et on se dirige tranquillement vers les jardins. Le dealer me fait signe de le suivre. Je suis en plein rush...

Edgar s'interrogea sur le sens de cette expression.

— T'as une bagnole ? il me demande. Je lui réponds non. Lui non plus, il est venu en taxi. Alors on a traversé les jardins discrètement comme des amoureux, trouvé une sortie et filé jusqu'en bord de mer... Et puis après... Tiens tourne à gauche, là, on va au parking...

Edgar obtempéra.

— Bref, on a réussi à se tirer, je te passe les détails de la nuit, de la journée, et même s'il n'y avait rien dans le journal ce matin (Elle le lui avait bien dit, mais Edgar se rend compte que le vol avait eu lieu seulement la veille !), on s'est mis sacrément dans la merde, tous les deux. Depuis, ils nous cherchent partout. C'est seulement maintenant que je réalise que c'est vraiment grave. Tu vois, on croyait pouvoir régler tout ce qu'on a à faire en deux jours, ramasser un peu de pognon et puis se tirer ensemble. Il a un copain qui bosse sur un bateau qui pouvait nous emmener en Grèce. On allait ramasser chacun un peu de blé, quelques affaires, les trucs importants...

Elle s'interrompit une seconde, comme si elle pensait à quelque chose de précis, puis elle eut l'air de chasser cette idée, d'un mouvement de tête.

— ...mais maintenant, après la visite du type que t'as balancé du haut du viaduc...

— Mais pourquoi était-il chez ta sœur ? Et pourquoi est-ce qu'elle est morte ? Il l'a interrogée et elle a dit où tu étais ? Je ne vois pas ce que je viens foutre là-dedans, moi, avec ma connerie de Minitel ? Edgar regrette instantanément d'avoir ouvert la bouche alors qu'il se contentait d'écouter depuis dix minutes. Et quand il s'est enfin décidé à l'ouvrir, il n'a pas parlé, pas questionné calmement comme il l'aurait voulu. Il a glapi.

Il en rajoute :

— Hein ? Qu'est-ce que je fous là-dedans, moi, hein ?

— Mais rien, mon pauvre Edgar, rien. Sauf si tu nous aides à nous débarrasser du tableau, par exemple. Dans ta profession tu dois bien connaître quelqu'un qui nous lâcherait quelques briques. Libre à lui, après, d'en faire don à un musée. Toi, tiens, pourquoi pas toi ? Tu pourrais dire que tu l'as trouvé derrière une croûte achetée aux puces de Saleya. Suffirait de bien penser le truc...

— C'est dingue ce que tu racontes...

— Tu me tutoies maintenant ?

— Je veux dire, toute cette histoire. Alors ces types veulent le tableau. Et où il est, le tableau ?

— Tu crois pas que je vais te le dire, quand même. Prends un ticket, tu vois pas qu'il y a du monde derrière ?

Ils étaient arrivés dans un parking souterrain. Edgar avait conduit complètement machinalement jusqu'ici, comme si son corps avait piloté automatiquement, tandis que sa tête et son cœur étaient à l'écoute de cette fille. Edgar tendit le bras par la vitre absente et saisit le rectangle barré d'une piste magnétique que crachait un robot aux yeux verdâtres carrés, avec des flèches en guise de pupilles. La barrière rouge et blanc monta, et il passa la première, descendant la rampe du parking avec l'impression de s'enfoncer dans des catacombes pour y ajouter son propre crâne.

CHAPITRE 7

Ascenseur pour nulle part

Comme si son nouveau costume lui donnait un comportement inconnu de lui, Edgar se sentait flotter plus que marcher. Il n'avait pas vraiment fait attention à l'endroit où ils garaient la voiture. Au dernier sous-sol, apparemment, de ce parking aussi glauque que tous les garages souterrains du monde. Ils prirent d'abord un ascenseur qui menait au *Méridien*, pour seulement un étage, puis ils firent quelques pas à un autre étage, contournant une série de colonnes d'un jaune d'or fané par les échappements, pour rejoindre un autre ascenseur, comme si elle avait peur qu'on les suive. Edgar se disait que si quelqu'un les suivait depuis les Aubépines, il avait eu droit à du spectacle.

La fille l'avait pris par le bras, et il frémissait à ce contact. Elle avait rangé le flingue dans sa poche de veste où il faisait une grosse bosse entre elle et lui. Edgar l'avait déjà vue à l'œuvre. Il savait qu'elle pouvait être très rapide.

Il avait très mal au doigt là où il s'était pincé l'ongle, mal aux phalanges qu'elle avait tapées avec le flingue, mal aux couilles et soif, une soif terrible. Tout cela mis ensemble l'empêchait de penser avec autant de lucidité qu'il l'aurait voulu, rationnellement, calmement, en s'imaginant devant un bilan des ventes ou un programme de lancement, en posant bien les choses dans la situation, comme des pièces sur un échiquier. Edgar n'avait jamais su bien jouer aux échecs.

— Faut que je te dise un truc qui va peut-être te faire peur. Je ne sais pas si je dois, murmura la fille comme si on pouvait les entendre, en écho dans tout le parking. Les billets de deux cents dans la poche du mec, c'étaient des faux. Quand je me suis arrêtée au café pour te trouver une veste et un futal, ils me l'ont dit. Le mec qu'on a balancé du viaduc, c'était pas un demi-sel. Le propriétaire du tableau a appelé du beau linge pour faire son sale boulot.

— Tu ne crois pas que ce type était quand même un peu con pour se trimballer avec autant de fric en vous cherchant ? dit-il sur le même ton, avec la sensation d'entendre la voix de quelqu'un d'autre. Mais qu'est-ce qui m'arrive ? se demanda-t-il...

— C'est pas mal pensé, mon petit Edgar (elle avait changé d'adjectif ! Il sourit, heureux qu'elle le voie un peu autrement), mais je sais d'expérience que les mecs, la plupart des mecs, ont tendance à surévaluer leur intelligence et à négliger une prudence obligatoire, pour ne pas paraître minables.

Le sens de ce qu'elle disait mit un certain temps à faire son chemin dans sa tête, le temps que ses narines soient imprégnées par l'odeur infecte du parking.

De gros ventilateurs couverts de poussière grasse et noire, une peinture murale écaillée, éraflée d'ailes de voitures de diverses couleurs, un sol lisse et verdâtre avec des bandes jaunes usées, un relent de pisse dans les coins. Un parking comme tant d'autres, mais on se serait attendu à autre chose sous cet immeuble, le mieux situé de tout Nice. Ils entrèrent dans l'ascenseur qui menait au hall du *Ruhl*. Il imagina que c'était un lieu de rendez-vous de dernière heure avec le dealer. En cas de malheur, c'est là qu'on se trouvera...

Dans l'ascenseur, une publicité pour une revue à moyen grand spectacle étalait des corps empailletés, des décolletés exagérés, mal dessinés. Les filles avaient des sourires gros et tordus. Le lettrage était encore plus moche que dans certains jeux télévisés. Quelqu'un avait rajouté des moustaches à la meneuse de revue et quelqu'un d'autre venait d'écrire « je suce » dans un coin, le marqueur était encore frais, brillant sous les ampoules de la cage de métal. Edgar se demandait comment la sœur de la fille, la dénommée Rita, cadrait avec toute l'histoire. La fille lui affirmait qu'elle était morte. Alors elle était au courant pour le tableau, et c'est ça que le mec venait chercher chez elle ? Mais pourquoi est-ce qu'elle avait répondu à son appel Minitel, à son code débile de monsieur Ed ? Dans un tel micmac, c'était de l'inconscience. Et d'où l'avait-elle fait puisqu'il n'y avait pas le téléphone aux Aubépines ? Est-ce que les malfrats envoyés par le propriétaire du tableau l'avaient torturée pour lui faire avouer où se cachait

sa petite sœur ? Et comment avaient-ils retrouvé
cette Rita qui n'était pas dans la soirée ? Non, tout
ça ne tenait pas debout. Elle mentait. Sur toute la
ligne.

— Tu seras sage ? murmura la fille dans son cou
en lui embrassant presque l'oreille.

Edgar se sentit frissonner. Il était envahi d'un frémissement étrange qu'il commençait à peine à identifier, malgré sa soif intense, malgré ses multiples petites douleurs cuisantes. Une étrange et nouvelle
sensation. Il était attiré. Oui, comme le dealer ou le
peintre dont elle avait parlé. Cette fille avait quelque
chose d'irrésistible. Sans doute la fragilité qui se cachait derrière sa force apparente, ce qui pouvait aisément passer pour un cliché. Ou alors sa détermination, cette espèce de courage obstiné avec lequel elle
menait sa barque dans la tempête. Même si elle donnait l'impression de mentir, d'exagérer, elle ne pouvait pas avoir inventé l'histoire du tableau, en tout
cas. Quand elle l'avait évoqué, il y avait des violoncelles d'émotion vraie dans sa voix. La beauté de la
femme et de l'enfant l'avait marquée. Et cette espèce de délire sur la connaissance véritable d'une
époque... Visiblement, elle avait été comme transfi-
gurée en tombant sur ce chef-d'œuvre inconnu. Au
point de franchir la barrière sans réfléchir, de risquer
sa petite vie déjà pas tranquille. Mais elle lui cachait
la vérité. Une grosse partie de la vérité, en tout cas.

Bizarrement, il se sentait de mieux en mieux. Il
avait cette fille magnifique à côté de lui, pendue à
son bras. Il sentait son sein contre son flanc, malgré

leurs vestes, et l'autre bosse, celle du flingue. Il res-
pirait son parfum, un mélange de savon au chèvre-
feuille et de sueur salée. Jamais il n'aurait pu s'imaginer se trimballer une fille comme ça à son bras,
jamais. Il se dit que le tableau l'avait frappée parce
qu'elle devait ressembler à la femme qu'il y avait
dessus. Elle en parlait avec une telle ferveur. On aurait dit une description d'elle-même.

Les portes de l'ascenseur, au lieu de s'ouvrir dans
le hall du rez-de-chaussée, s'ouvrirent sur la salle de
jeu en sous-sol, salle plus intime que celle qui la surplombait et où la clientèle était quelque peu diffé-
rente, alors que tout le monde avait absolument le
droit d'y aller. Là, il n'y avait pas de machines à
deux francs, et la sélection sociale s'opérait d'elle-
même.

La fille s'avance, le tenant toujours par le bras. Il
se dit qu'il lui sert de couverture, de garde du corps
serait un peu présomptueux, étant donné que c'est
elle qui est armée, et que c'est elle qui prend toutes
les décisions quant à leur sécurité, à leur avenir. Il
se voit un avenir avec elle. Tu rêves, Edgar, tu dérai-
sonnes. C'est d'un dealer dont elle est amoureuse,
une espèce de voyou, un mec plus ou moins de son
âge et de sa catégorie sociale.

— J'aime les casingues, pas toi ? demande la fille.

Edgar ne connaît que le casino du sous-sol au
Noga Hilton. Il lui paraît moins étouffant que celui-
ci. Question de hauteur de plafond sans doute. Ici,
les sommes, les écrans, se répercutent les uns dans

les autres, se reflètent sur leurs pareils, le bruit des pièces qui tombent et les cliquetis ne s'élèvent pas dans l'atmosphère. Dans ce sous-sol feutré et chromé on peut presque sentir l'odeur de l'argent qui file. La fille balaye la petite salle des yeux, puis fait le tour de toutes les machines, à la recherche du dealer, probablement. C'est ce que se dit Edgar, qui a l'impression de faire d'énormes progrès dans l'art de la déduction. Puis, n'ayant visiblement pas trouvé ce qu'elle cherche, la fille s'arrête un instant devant la caisse. Edgar aperçoit un bar, mais il est fermé. Elle le lâche une seconde pour fouiller dans la poche de son jean et prendre quatre des billets de cinq cents volés au cadavre. Elle a tué ce type. Mais c'était un accident, apparemment. Et il lui voulait du mal. Et il a tué sa sœur, lui ou un autre. Si sa sœur existe, se dit Edgar. Si tout cela est réellement en train d'arriver... La seule chose palpable, c'est le seau plein de pièces de dix qu'elle lui tend, sortes de gros jetons d'une monnaie inconnue, aux armes du *Ruhl*. Edgar soupèse les deux mille balles qu'elle vient de changer avec le sourire. C'est lourd. Le seau est presque plein. Quand il lui est arrivé de jouer, au *Noga*, après ses précédents déboires sur Minitel, il n'a jamais gagné cette somme, ni même envisagé de jouer autant. Et là, tout d'un coup, il se sent l'envie d'enfoncer ces pièces dans des fentes. C'est comme un appétit sexuel, exacerbé par la présence de cette nana à côté de lui. Mais qui n'efface pas sa soif. Il a peine à déglutir pour lui demander s'il n'y a pas un bar.

— En haut, monsieur, répond le caissier à la place de la fille. Edgar sourit comme un plouc qui n'a jamais rien vu. C'est un peu ce que le caissier, malgré son amabilité de fonction, essaie de lui faire sentir. Edgar se sent parano, à la fois mal dans son nouveau costume et nu, car c'est elle qui détient son identité dans ses poches. Il s'est livré pieds et poings liés à cette fille. Leurs destinées sont liées. Qu'il le veuille ou non. Et il le veut. Oui. Il se rend compte que s'il la perd, si elle le quitte, jamais il ne revivra des heures comme celles qu'il a vécues. Jamais. Et il ne verra jamais cela dans une série ou dans un film, même à venir. Les heures passent et ne reviennent jamais. Ces heures que tu vis et qui pourraient être les dernières. Tu vis, Edgar. Dangereusement certes, mais pour la première fois de ton existence.

La fille l'entraîna dans l'escalier qui menait à la grande salle. Edgar aperçut, dans le brouillard des cliquetis, dans cette espèce d'odeur de lucre et de désinfectant, de tabac froid et chaud, un comptoir qui lui tendait les bras. La fille comprit et, le serrant toujours par le bras, elle l'accompagna au bar.

— Une bière pression, dit Edgar.

Le barman fit habilement couler la mousse, l'essuya d'un coup de spatule et lui tendit un verre qu'il vida d'un trait, s'étouffant presque. Edgar, d'un geste complètement inhabituel pour lui qui était en général si réservé, fit claquer le verre sur le comptoir de métal jaune brillant et en commanda aussitôt un autre.

La fille fouilla dans les poches de son jean et sortit de la monnaie. Elle commanda une tequila sans glace, regrettant qu'ils n'aient pas de Mezcal. Edgar observa la fille, envahi par une sorte d'hébétude électrique, en sirotant son second demi. Elle fouillait à distance les rangées de machines, cherchant à repérer l'homme qu'elle était venue voir, le fameux dealer dont elle était sans aucun doute amoureuse. Edgar était jaloux. Pour la première fois de sa vie. Quel crétin tu fais, se dit-il, tu es jaloux alors que tu n'as encore rien vécu avec elle ? Rien vécu ? fit une autre voix dans sa tête, celle-là, elle est bonne ! Faut-il forcément baiser pour être amoureux ? Elle te fait bander, hein ? Mais ce n'est pas seulement ça, mon pauvre... Ce qui submergeait Edgar lui évoquait un amour d'adolescence, quelque chose de pur, d'intense. Quelque chose qu'il n'avait jamais rencontré et qu'il savait instinctivement être le véritable amour, venait de s'ouvrir comme une immense porte. Mais la fille ne s'en préoccupait pas le moins du monde. Ses yeux presque vert émeraude sous la lumière tamisée du casino erraient le long des rangées, évaluaient les silhouettes, les dos des joueurs assis ou debout au loin devant les machines à poker. Elle fit une petite grimace. Elle vida sa tequila et entraîna Edgar vers le fond de la salle. Au bout de la rangée de machines à dix francs, il y avait un attroupement. Edgar la sentit frémir contre lui, et son pas s'accéléra. Elle le tirait presque. Ils écartèrent les spectateurs pour voir qui était au centre de cet attroupement. C'était le dealer. Edgar en fut certain dès la première seconde. Il était assis devant une machine qui totalisait quatre mille neuf cents au compteur et il riait. Un bonhomme tout à fait quelconque, genre retraité un peu bedonnant, était debout à côté de lui, appuyé d'une main sur la machine, comme s'il la caressait pour l'encourager.

La fille se pencha et posa la main gauche sur l'épaule du joueur.

Le dealer se retourna. C'était un rouquin assez beau, mais avec le visage prématurément vieilli. Une espèce de visage d'aventurier de cette fin de millénaire, à la fois bronzé et fatigué, les traits tirés, les yeux rougis. Il sourit et se tourna vers le petit retraité qui l'accompagnait. Drôle de fréquentations, songea Edgar.

— Encaisse, cher Marcel, dit le dealer rouquin, la partie est finie.

Le dénommé Marcel ne se fit pas prier. Avec un sourire ravi, il appuya sur le bouton, et les pièces commencèrent à dégringoler avec un bruit de fausse cascade quelque peu trivial. Edgar regardait la fille et le dealer. Plus rien n'existait autour d'eux. Ils se buvaient. Ils avaient tellement de choses à se dire. Et ils ne pouvaient pas le faire maintenant. Mais ils savaient qu'ils avaient tout le temps, toute la vie. Edgar songea qu'on aurait dit des télépathes, comme dans certaines séries fantastiques. Il s'attendait même à voir leurs pensées projetées sur l'écran de la machine à poker, tant le flux de leurs regards était puissant. Mais la fille tenait toujours Edgar par le bras. Le rouquin se leva tandis que le Marcel remplissait des seaux en plastique aux armes du *Ruhl*.

— J'ai essayé d'appeler l'Australien, dit le rouquin, mais le bateau ne répond jamais. C'est bizarre.

— Ça ne m'étonne pas, répliqua la fille, ça m'étonnerait même qu'on le revoie vivant un jour. Attends que je te raconte ce qui nous est arrivé...

— Nous ?

— Oui, moi et Edgar... Je te présente Edgar. Il est dans le ciné, dans la télé, il vend des films quoi... Edgar, Kevin...

Le dénommé Kevin accorda un hochement de tête à Edgar, qu'il considérait visiblement comme une quantité négligeable. Puis il tapa sur l'épaule du retraité.

— Mon cher Marcel, je suis ravi d'avoir passé cette soirée avec toi. Tu peux garder tout.

— Quoi ? Comment ? mais... balbutia le retraité interloqué.

Le rouquin désigna le seau plein que la fille avait fourré dans la main droite d'Edgar.

— Je vais continuer avec mes amis, dit-il.

— Mais ce n'est pas normal, dit Marcel, j'insiste pour qu'on partage, au moins... Dans les yeux du petit bonhomme Edgar crut lire quelque chose comme : pour une fois que je me fais un ami, voilà qu'il me quitte, qu'il m'abandonne seul sur le quai de la vie...

— Bon, d'accord, concéda Kevin. Il prit un des trois seaux pleins que Marcel tenait. Le vieil homme était ravi.

— Bon, maintenant, suis mon conseil, n'insiste pas, fit le rouquin, rentre chez toi. Ta femme t'attend sûrement et t'as gagné plein de pognon. Ne va pas tout reperdre. Elle ne serait pas contente. Et méfie-toi des faux billets de deux cents. Il y en a plein qui circulent en ce moment.

Le retraité faisait une drôle de tête, se dit Edgar, comme si les phrases banales que le rouquin avait balancées prenaient un sens très différent pour lui, une profondeur insoupçonnée.

— Et puis, ajouta le rouquin dans un murmure, te balade pas chargé. Un accident est vite arrivé.

Le Marcel passa par diverses couleurs. Puis il sourit, comme si on venait de l'encourager à passer sa tête sous l'échafaud. Edgar se dit que le Marcel devait avoir une femme pas commode et peut-être des envies de meurtre. Il lui sembla qu'il voyait tout en noir depuis que la fille avait retrouvé son dealer. Qu'allaient-ils faire maintenant ? Ils allaient continuer à l'entraîner dans leur sillage ? Ils allaient se servir de lui comme chauffeur ? Ils allaient l'emmener voir le tableau ? Ils allaient lui faire passer la frontière, la ligne symbolique qui partageait la vie en deux, d'un côté la bonne conscience de la légalité et de l'autre tout le reste ? Ils allaient lui faire également franchir la vraie frontière, l'italienne sans doute, qui n'existait plus que sur les cartes, pour trouver une planque loin du territoire de l'homme qu'ils avaient dépossédé d'un trésor qui ne lui appartenait d'ailleurs pas ?

La fille les emmena jusque devant la caisse pour

changer les jetons donnés par le retraité et ceux qu'Edgar portait depuis leur arrivée. Elle lui fit un petit sourire un peu triste en lui reprenant le seau. La caissière, une très jolie jeune femme un peu eurasienne, versa les pièces dans une machine à compter, et la somme s'inscrivit au fur et à mesure en lettres électroniques rouges sur un petit écran à ras du comptoir. N'y prêtant aucune attention, la fille s'était retournée vers les escaliers. Edgar la sentit se raidir sous son bras. Un éclair de panique passa dans ses yeux. Elle donna un coup de coude au rouquin qui ramassait les billets que lui tendait la caissière souriante.

— J'ai vu, dit Kevin en fourrant les billets dans la poche de la fille.

Edgar regarda l'escalier. Un homme descendait, très élégant, la soixantaine, les cheveux blancs tirés en arrière. Il portait une grosse épingle de cravate en or très travaillée, qui étincela un instant sous le reflet d'un spot. Derrière lui, deux types semblaient l'accompagner, pas comme des gardes du corps, non, plutôt comme des hommes de main. L'un d'eux ressemblait terriblement à certains figurants des mauvaises séries sur la Mafia. L'autre était blond, format pilier de rugby, et il avait une petite cicatrice au coin de l'œil qui lui donnait un air particulièrement mauvais. Edgar était surpris d'avoir le temps d'enregistrer tous ces détails. Le trio descendait l'escalier. Edgar remarqua, sur sa droite, entre deux gros bandits manchots encadrés de joueuses endimanchées, la porte de l'ascenseur. Il tira très vite le bras de la fille dans cette direction. Le rouquin suivait, essayant d'avancer d'un air naturel tout en regardant les machines, tournant le dos à l'escalier. Arrivé le premier, Edgar appuya sur le bouton d'appel. Presque instantanément, les portes s'ouvrirent, comme si l'ascenseur les avait attendus. Ils s'engouffrèrent dedans, tournant toujours le dos à l'escalier qui était juste en face de l'ascenseur. Edgar ne regarda pas. Il ne voulait pas savoir si les trois types les avaient vus. Les portes se refermèrent dans le dos du rouquin. Ils étaient tassés dans la cabine, incapables de bouger pour s'écarter les uns des autres tant ils étaient tendus. La fille appuya sur le bouton du second sous-sol du parking. Et la cabine commença à descendre. Il restait un étage avant le parking lui-même. La salle de jeu en deuxième sous-sol.

La fille et le rouquin avaient à peine eu le temps de se retourner face à la porte que celle-ci se rouvrit, comme Edgar l'avait prévu. Et les deux types de l'escalier, les deux tueurs, entrèrent en force dans la cabine, saisissant le rouquin et la fille à la gorge. Derrière eux, la foule des joueurs ne vit ni n'entendit rien, emportée par la frénésie aveuglante du jeu. Kevin prit un coup de genou dans l'entrejambe, mais il ne tomba pas, maintenu en l'air par la poigne du malfrat caricature mafieux. La fille avait sorti son revolver, mais la main du grand blond lui serrait déjà le poignet et Edgar vit, avec horreur, la gueule du flingue se tourner vers lui. La fille glapit de douleur, mais son gémissement se perdit dans le bruit des machines à sous. L'homme à l'épingle de cravate s'engagea à son tour dans l'ascenseur et c'est tassés comme des maquereaux au vin blanc qu'ils arrivèrent au deuxième sous-sol. La fille lâcha le revolver avant que le blond ne lui casse le poignet. Il tomba sur le pied d'Edgar. Elle voulut se jeter sur le type pour le griffer, mais visiblement les deux hommes de main avaient une parfaite connaissance du combat rapproché, très rapproché même. L'homme la gifla, l'étranglant de l'autre main. Edgar était carrément écrasé contre la paroi du fond. Les coudes du rouquin étaient venus le frapper dans l'estomac sans qu'il l'ait fait exprès, et il avait du mal à retrouver son souffle. Il se sentait mal, au bord de la nausée. Mais il n'avait plus peur. Il était complètement détaché, comme en dehors de lui-même. La porte s'ouvrit dans le dos de l'élégant sexagénaire qui recula, et ils se retrouvèrent tous tassés dans l'espèce de petite pièce carrée qui faisait comme un sas avant le parking. Le rouquin était mal en point et la fille était folle de rage.

— Ton pote australien nous a bien renseignés, dit l'antiquaire d'une voix étrangement suave, et maintenant tu vas nous dire où est le...

— Va te faire enculer, dit le dealer, en essayant de se dégager.

Tout le monde se mit alors à hurler en même temps, en tout cas la fille et le rouquin, pendant que les deux hommes de main les cognaient en hurlant des « on va vous crever » qu'Edgar trouvait parfaitement déplacés. Il avait les jambes en coton et presque personne ne faisait attention à lui. Le mafieux brun de série B sortit un rasoir, et, soulevant quasiment le rouquin qui la ferma brusquement, il le lui colla devant les yeux. Edgar se sentit défaillir, puis, dans un grand élan absolument incontrôlable, il vomit ses deux demis pression, en une énorme gerbe à l'odeur infecte qui éclaboussa tout le monde et surtout le porteur du rasoir qui était directement en face de lui. La scène sembla se figer, comme une image fixe. Puis le film repartit...

Le rouquin voulut en profiter et frappa le type au rasoir, mais trop faiblement. Le sexagénaire avait les yeux écarquillés comme si d'être couvert de gerbe était encore pire que d'avoir perdu son inestimable tableau. Et à cet instant la porte qui donnait dans le parking s'ouvrit et Marcel apparut, hors d'haleine, une arme à la main. Comment et pourquoi un type comme ça se baladait armé, Edgar n'eut pas le temps d'essayer de le comprendre.

— Tiens bon, Kevin ! dit Marcel, et il tira, au hasard, dans le tas, vidant le chargeur de son petit automatique. Le blond à la cicatrice lâcha immédiatement la fille et s'effondra, mais l'autre type s'était retourné à une vitesse incroyable, frappant Marcel à ras du col avec son rasoir, avant de tomber à son tour. L'antiquaire se retrouva aspergé d'un jet de sang qui vint recouvrir la bière vomie qui le dégoûtait tant. Le rouquin le poussa violemment de la paume de la main et l'antiquaire s'écrasa contre le mur. Edgar enjamba les deux corps qui remuaient encore. L'odeur de poudre était suffocante. Le Marcel était parti en arrière dans le parking, la gorge à moitié tranchée. Il s'adressa au rouquin en gargouillant.

— Fallait bien que je fasse quelque chose pour toi, mon cher... dit-il.

Tirant la fille par la main, Edgar passa au-dessus de lui. Elle buta dedans sans faire exprès. Elle se tenait la carotide, cherchant à retrouver de l'air. Le rouquin se pencha sur Marcel, qui saignait comme vache qui pisse. Le retraité arborait un sourire idiot de clone raté de Bogart. Il avait déjà les yeux à moitié vitreux.

— Satané chat noir, gargouilla-t-il, ou quelque chose comme ça. Edgar n'avait pas bien compris.

Sans plus se préoccuper de rien, Edgar accéléra le pas. Tout en traînant la fille par la main, il cherchait sa voiture. Impossible de se souvenir où il l'avait mise. Derrière eux le rouquin avançait en titubant. Edgar se souvint soudain qu'ils avaient pris un autre ascenseur pour atteindre ce niveau-là. L'ascenseur du *Méridien*. Mais il devait bien y avoir un escalier quelque part...

La BMW n'avait pas bougé. Apparemment personne n'avait profité de l'absence de vitre côté chauffeur pour la voler. Passant la main par-là, Edgar ouvrit la portière et aida le rouquin à passer sur la banquette arrière. La fille fit le tour en marchant comme un robot qui se tiendrait la gorge. Sa veste était un peu déchirée, maculée de sang. Edgar lui ouvrit la portière, et elle se laissa tomber sur le siège.

Edgar fut étonné de la facilité avec laquelle il trouva la clé dans la poche de veste à moitié décousue de la fille. Elle le laissa faire. Apparemment l'étranglement lui avait coupé le sifflet pour de bon. Edgar mit la clé et démarra doucement, puis accéléra pour traverser le parking. Il imaginait le retraité égorgé à l'étage au-dessus, gisant dans une mare de sang virant au gris foncé sous cette lumière glauque, devenant une énigme pour la police. Avait-il tué les deux hommes de main de l'antiquaire ? Est-ce que le cauchemar était fini, ou bien ne faisait-il que commencer ?

Edgar escalada la rampe du parking en faisant crisser les pneus de sa voiture. La fille fouilla dans la pochette de sa veste et en sortit le ticket de parking. Puis elle tendit à Edgar son étui à cartes de crédit. Il ne sourit pas de ce geste. Il avait l'impression nouvelle qu'elle avait confiance en lui. Il allait les tirer de là. Il était un autre homme.

CHAPITRE 8

Dernier rivage

Rita avait tapé dans l'œil de Kevin, évidemment, comme le craignait Edgar. Elle aurait tapé dans ceux d'un aveugle. Rita Lovely n'était pas un nom de scène. Son père, marin irlandais sur un gros yacht amarré sous le fort Vauban vingt-huit ans auparavant, avait engrossé sa mère, une jeune Antiboise fanatique des Beatles. D'où le prénom. Son deuxième prénom était Lucy, et le troisième Prudence. Elle n'en avait pas trop souffert dans son enfance, parce que les Français sont assez incultes dans l'ensemble, même en ce qui concerne les Beatles, et que Rita Lovely c'était quand même mieux que Dominique Tamère, comme nom. Et puis, Rita, c'est une sainte locale... Plus tard, les choses s'étaient avérées différentes. Tout le monde prenait son nom pour un pseudo, un nom d'artiste un peu bidon, un nom de scène. Rita aimait le laisser croire. Mais elle ne faisait pas de scène. Rita était une scène.

Son père l'avait reconnue, lui donnant son incroyable nom de famille hérité de l'assistance publique irlandaise, puis il avait disparu vers d'autres ports un an plus tard. Elle ne l'avait jamais connu et s'imaginait qu'il ressemblait à un Corto Maltese vieilli, retraité aux Caraïbes, songeant peut-être parfois qu'il avait une fille, quelque part, à vingt-huit ans de sa énième pinte de bière. Dans ses rares moments de déprime, elle se disait qu'avec un peu de thune elle partirait à sa recherche, de port en port, de bar en bar. Puis ses recherches se concentraient sur sa propre survie, et elle oubliait ce rêve. Sa mère ne s'était jamais vraiment remise du départ du marin Lovely. Elle avait élevé Rita comme elle pouvait, menant une existence de petits boulots astreignants et mal payés, aidée par son père, un vieil anarchiste, brocanteur retiré des voitures sur la Côte. La mère de Rita était morte l'année précédente, écrasée par un taxi alors qu'elle traversait la promenade des Anglais, complètement bourrée, sortant de l'hôpital après un check-up qui la jugeait en parfaite santé. Rita l'avait un peu pleurée, mais elle se démerdait déjà toute seule depuis des années, entre l'ANPE, les boulots au noir, un peu de deal de shit, passant d'une activité marginale à une autre avec cette espèce d'ébriété qui donne l'impression que la jeunesse durera toujours, avant qu'on se réveille, un matin, adolescent au visage marqué, sans jamais être passé vraiment par la case adulte. Parce que la case dite adulte fait chier, parce qu'elle ramène à ce qu'était la vie des parents, une sorte de trou noir tirant dans les gris.

Dernièrement, Rita se faisait pas mal de fric en dévalisant des gogos qu'elle accrochait grâce au Minitel rose, choisissant bien ses cibles, avant de les menacer de porter plainte pour viol. Elle louait l'appartement aux Aubépines rien que pour ça. Sinon, elle avait sa planque, son jardin secret, chez son grand-père. Depuis ses seize ans, elle fréquentait la même semi-pègre marginale, le même univers de démerde que Kevin depuis qu'il était arrivé sur la Côte et, dans un sens, il était normal qu'ils finissent par se rencontrer. Rita avait un défaut qui la servait dans ses arnaques au Minitel rose : elle mentait avec facilité. Par exemple, même si elle le prétendait pour se tirer de situations épineuses en lui collant tout sur le dos, elle n'avait jamais eu de sœur. Et surtout pas de sœur assassinée la veille. Par contre, elle avait une petite fille dont tout le monde ignorait l'existence.

C'est à sa fille que pensait Rita maintenant, la gorge marquée par les doigts du tueur blond, la trachée brûlante. Edgar roulait sur la promenade des Anglais, en direction d'Antibes. Il conduisait doucement, ménageant ses passagers. A l'arrière, Kevin grognait comme un ours. Rita se serait bouffé les gencives. Elle avait pris un risque terrible en volant ce tableau. Elle avait oublié sa fille, sa petite Angéla, sa noisette. Elle avait agi sans réfléchir aux conséquences, comme toujours. Et là, dans l'ascenseur du *Ruhl*, elle avait eu un aperçu des conséquences. Si elle mourait ? Ou si elle se retrouvait estropiée à vie, qui s'occuperait d'Angéla ? Son grand-père n'allait pas tarder à partir pour les chasses éternelles. Il était très très âgé, il avait connu la guerre d'Espagne et, depuis quelque temps, il avait la cervelle comme des îles flottantes. Rita hésitait de plus en plus à lui confier Angéla. Pourtant elle l'avait fait — quand était-ce ? jeudi matin... déjà — pour être peinarde et pouvoir se rendre, la veille, à cette fameuse soirée où elle avait rencontré Kevin, le tableau, et des emmerdes à la pelle. Elle essaya de se remémorer tout ce qui s'était passé depuis vingt-quatre heures, toutes les choses qu'elle aurait dû faire pour préparer sa fuite avec Kevin et qu'elle n'avait faites qu'à moitié, comme si elle avait eu le temps, tout son temps, puis le Minitel dans la soirée, par habitude, et les messages crétins de monsieur Ed, qu'elle avait attiré aux Aubépines juste pour le plaisir de paumer un pauvre type dans la zone, l'irruption du tueur qu'elle avait d'abord pris pour son client, et qu'elle avait réussi à assommer en lui promettant une super partie de cul, l'arrivée inopinée de ce pauvre Edgar... Et maintenant, la catastrophe.

— Ça va ? demanda Edgar en se tournant vers Kevin. Mais il n'obtint qu'un nouveau grognement.

— Où tu vas comme ça ? réussit à demander Rita. Sa voix était sortie de sa gorge avec un bruit de parchemin froissé.

— A Cannes, dans mon hôtel.

— T'es pas malade ?

— Vos « copains » ne me connaissent pas.

— Il t'a vu.

Edgar se sentir blêmir. Sa bravoure toute neuve s'effilochait comme une cotte de maille qui rouillerait en accéléré.

— Pourtant, dit-il, cherchant à être drôle, je

croyais que ce n'était pas un crime de voler un voleur.

— On n'est pas dans une série télé, et tu ressembles ni à Robin des Bois, ni à Arsène Lupin, ni à Clint Eastwood. Et puis je me vois mal aller essayer, ne serait-ce qu'essayer, de raconter la moitié de ce qui s'est passé depuis hier à un inspecteur assis dans un bureau qui sent les coups de Bottin.

— Alors, où veux-tu aller ? J'avais pensé à l'Italie...

— Je ne t'ai pas demandé de penser. Pour l'instant tu vas t'arrêter quelque part, dans un coin tranquille, et on va examiner Kevin.

Effectivement, le dealer ne disait plus rien. Edgar jeta un coup d'œil dans le rétro et vit dodeliner un visage blafard et crispé. Edgar sentait son début d'amour battu en brèche, mais il ne s'avoua pas vaincu. Kevin avait écopé d'une balle. Pendant une seconde, Edgar souhaita que ce jeune mec meure, pour lui laisser la place du héros. Et puis il se sentit tellement merdeux d'avoir eu une pensée pareille qu'il poussa un grand soupir.

La voiture avait dépassé l'aéroport et longeait Cagnes. En face d'eux, de grands immeubles en forme de paquebot se dressaient face à la mer. Ils passèrent un petit tunnel qui s'enfonçait sous le niveau de l'eau, puis arrivèrent à un carrefour plein de restaurants chinois, pizzerias, vietnamiens, thaïlandais, dans une débauche de néons qui précédait un grand supermarché éteint.

134

— Tourne à gauche avant Marina, dit la fille, au feu, là-bas.

Edgar se dit que pour une marina, ils n'avaient pas fait dans la dentelle. Il avait souvent vu cet édifice de loin. De près, il barrait le ciel, réplique pas si ridicule que ça aux Baous qui précédaient les Alpes. Il fut étonné de trouver une route qui allait à gauche, car depuis Nice, c'était la mer qui était à gauche, une mer calme aux petits rouleaux presque fluorescents sur les galets. Il mit son clignotant et attendit sagement que le feu passe au vert, regardant le profil de la fille qui se découpait sur un fond de supermarché géant éteint. Une enseigne Quick sans Flupke lui faisait un bien moche couvre-chef. Elle regardait droit devant elle, perdue dans des pensées qu'il n'osait pas imaginer.

— Quand je pense, murmura-t-elle d'un ton morne, que, juste avant ma naissance, c'était des marécages ici, jusqu'à Antibes... Et maintenant, le marigot déborde de caïmans... Gare-toi un peu plus loin.

Edgar traversa la route, et roula dans une espèce d'allée déserte, parallèle à la plage dont elle était séparée par des bâtiments éteints, clubs de voile, restaurants aux noms qui voulaient évoquer l'été et les vacances et qui, à cette heure-ci, prenaient un air totalement factice, lugubre. Il arrêta la voiture, et la fille s'agenouilla sur son siège, passant les deux bras par-dessus le dossier pour secouer le dealer.

— Kevin ? Tu m'entends ?

Il grommela un oui.

Elle glissa adroitement son corps entre les deux

135

sièges avant, effleurant Edgar au passage, et s'assit à l'arrière. Edgar se retourna. Kevin avait une grosse flaque noire sur le ventre. La sueur lui émergeait sur le front comme une rosée matinale. Il était couleur craie, avec les lèvres bleutées. Ce n'était pas dû à l'éclairage. Il y avait du sang plein la banquette entre les cuisses du rouquin.

Quand la fille se tourna vers lui, Edgar vit des larmes dans ses yeux, brillantes comme un avenir qui s'enfuit.

— Il faut le sortir de là, dit-elle. On va l'emmener sur la plage.

— Il vaudrait mieux l'emmener à l'hôpital.

— C'est ça, avec une balle dans le ventre... Mon pauvre...

— Ecoute, dit Edgar le plus gentiment possible, d'accord, si tu veux, on le dépose sur la plage, mais rien que de le remuer, ça va l'achever...

— J'ai dit : on le dépose face à la mer. Qu'il voie au moins l'aube une dernière fois, s'il a le temps.

— Okay, fit Edgar, étonné lui-même d'employer une telle expression, et après on prévient l'hôpital.

— Pas d'hôpital, murmura Kevin. Pas la peine. Prévenez mes parents. La banque Mousset, à Genève.

Edgar était aussi stupéfait que la fille. Ce type était fils de banquier ? Avec l'allure qu'il avait ?

— Je le croyais pas, hier, quand il m'a dit ça en rigolant.

— Hier... dit Kevin, où est le tableau ?

— En lieu sûr, dit la fille.

— Ne lui rends jamais, fit Kevin dans un soupir, puis il ferma les yeux, se contractant sous une vague de douleur.

— Kevin, hé, Kevin, reste avec nous. On va te sortir de là...

Edgar sortit de la voiture et aplatit son siège. Il regrettait d'avoir un coupé. Une portière arrière aurait été plus pratique pour sortir Kevin. Deux fois dans la nuit qu'il trimballait des corps. Il se dit qu'il faisait un bien étrange fossoyeur. Et celui-ci était encore chaud. Bientôt il serait tiède... puis froid.

Péniblement, le soulevant et le tirant doucement, ils parvinrent à faire sortir Kevin de la voiture. Il gémissait comme un enfant qu'on a battu. La rue était déserte. Pas une voiture, pas un piéton à l'horizon. Soutenant le grand rouquin chacun sous une épaule, ils le portèrent vers la plage, empruntant une allée bordée de végétation noire des deux côtés, et qui puait la merde de chien. Edgar se surprit à prier pour que ses pieds évitent ces espèces de mines molles. Il ne distinguait pas le sol. En face d'eux, au bout de l'allée, la mer faisait un horizon restreint d'un bleu foncé luminescent. Bravement, Kevin essayait de marcher, mais ses jambes se tordaient toutes seules. Elles avaient cessé d'obéir.

Ils parvinrent enfin sur la plage, une longue étendue de galets qui allait jusqu'à l'entrée du port de Marina-Baie des Anges. Au milieu de la plage, un groupe de gens était rassemblé autour d'un petit feu, silhouettes lointaines, comme une évocation de l'aube de l'humanité. On entendait de lointains accords de guitare.

— On va l'installer sur la digue là-bas, dit la fille en désignant du menton un môle d'énormes pierres qui avançaient dans la mer. Pour y accéder, il fallait traverser une petite passerelle de fer enjambant un ruisseau qui sentait un peu l'égout. Le môle prolongeait la terrasse d'un hôtel. Devant une fausse paillotte, deux pédalos attendaient la reprise de la saison. Une seule fenêtre était allumée au premier étage de l'hôtel. On voyait s'agiter les couleurs d'une télé sur un rideau de tulle blanc. Personne ne leur prêterait attention. C'était vraisemblablement le polar vaguement érotique du samedi soir sur la Une, se dit Edgar, ou un porno sur Canal.

Titubant sur les grosses pierres, glissant, manquant se tordre la cheville plusieurs fois, s'enfonçant entre deux blocs, Edgar et la fille parvinrent au bout du môle. Ils déposèrent délicatement leur fardeau sur une grosse pierre plate, avec des gestes qu'ils savaient ultimes. Le poids d'une vie. La vie d'un fils de banquier suisse égaré. La fille le connaissait un peu, mais pour Edgar ce dealer rouquin était un parfait inconnu. Pourtant il le jalousait. Apparemment, et selon toutes déductions, la fille et lui avaient vécu une histoire d'amour, brève, mais d'une intensité qu'il enviait. Qu'allait-il arriver désormais ? Après tout la fille n'avait plus besoin de lui. Juste pour le conduire là où était le tableau. Et puis là, elle déciderait. Le rendre ou pas. Partir. Le vendre. Edgar pouvait sans doute le vendre. Il pouvait au moins lui proposer ça, pour l'aider. Pour rester avec elle quelque temps encore. Oui, surtout pour demeurer avec elle, quelques heures de plus, quelques minutes encore...

Ils l'avaient installé un peu en contrebas du sommet du môle, tout au bout, face à la mer, la grande mer, *mare nostrum*. On apercevait à gauche toute la côte presque jusqu'à l'Italie qui se perdait dans la noirceur, et à droite au-delà de la fausse montagne de Marina, le fort d'Antibes, puis le cap et le phare qui lançait ses appels à la nuit.

Kevin se mit à rire doucement. La fille se pencha sur lui, lui caressant la tête.

— Pourquoi tu ris ? demanda-t-elle avec une espèce de ferveur dans les yeux, comme si le rire faisait renaître l'espoir. Edgar sentait qu'il n'en était rien. C'était plutôt comme un dernier rire, la dernière pirouette d'un étrange saltimbanque, et dans ce mot, il y a banque.

— C'est un bel endroit pour mourir, balbutia Kevin. C'est beau et paisible, et puis on voit le phare. Qu'elle était belle cette femme avec sa petite fille... belle comme toi... je crois que je vais m'évanouir... Sa voix baissa de volume d'un seul coup sur le dernier mot qui sortit comme un souffle.

La fille releva la tête pour regarder Edgar, debout derrière le dealer mourant. Edgar vit ses yeux étinceler, déborder. Elle se colla contre Kevin, à genoux face à lui et le serra. Elle sanglotait. La tête de Kevin était tombée sur le côté, avec un angle pas naturel. La fille resta cinq vraies minutes comme ça.

Edgar regardait leurs deux chevelures briller, accrochant les reflets des lointains réverbères. Il écoutait la mer qui brasse le temps depuis toujours. Kevin ne verrait jamais l'aube prochaine. La fille se releva d'un seul coup et se dressa dos à la mer. Puis elle pivota comme une danseuse alourdie par une trop longue transe et fixa l'horizon. Pendant un moment, Edgar crut qu'elle allait se jeter à l'eau. Mais elle ne bougea pas. Elle laissait juste couler sa douleur. Il pouvait presque la voir dans les spasmes qui secouaient ses épaules, comme une cascade intermittente de regrets, une eau étincelante et quelque peu empoisonnée. Il fit un pas et tendit la main, cette main qui lui faisait mal, qu'elle avait frappée avec le revolver, dont il avait coincé le pouce dans le coffre de sa voiture... Cette main idiote qui n'avait jamais rien su faire de ses cinq doigts, rien qu'il jugeât constructif en tout cas. Il la posa délicatement sur l'épaule de la fille. Elle eut un bref mouvement de surprise, de recul. Mais elle le laissa poser ses doigts sur sa clavicule, le pouce lui massant doucement la nuque.

— Ça va aller, dit-elle, ça va aller, enlève ta main de là, monsieur Ed.

— Mets les infos, dit-elle quand ils s'installèrent à nouveau dans la voiture.

Edgar, qui n'était pas familiarisé avec les fréquences locales, passa d'une station à l'autre dans une sorte de cacophonie noctambulesque avant de tomber sur une station de bulletins d'info en continu.

Mais il n'y était question que d'élections, de catastrophes et de football. La vie se résume-t-elle vraiment à cela ? songea-t-il. Elle espérait sans doute entendre quelque chose sur une tuerie à Nice dans le parking du *Ruhl*. Mais c'était encore trop tôt. Elle éteignit et se tourna vers lui. Elle avait perdu son sourire, ce sourire qui l'avait comme animée même dans les durs moments qu'ils avaient traversés, cette façon de serrer les lèvres d'un air déterminé. Il n'y avait plus d'étincelle au fond de ses yeux.

— Ecoute, dit-il, je ne sais pas bien comment te dire ça, mais je voudrais t'aider.

— Après tout ce que je t'ai fait ?

— Oui, quand même. Il laissa un long silence parler pour lui, puis demanda : Tu l'aimais ? en désignant le rivage invisible d'un mouvement de menton, la pointe de grosses pierres qui formait un étrange et éphémère mausolée pour Kevin.

— Comment est-ce que j'aurais pu aimer quelqu'un que je connaissais à peine ? T'es barjo. C'était un raté, un ex-toxico, un petit dealer de merde, il avait une grosse bite et il était accro au casino, et puis maintenant il vient me dire que c'était un fils de banquier suisse en plus ! Il s'est bien foutu de moi. Pourquoi ? pourquoi il est mort ? le salaud, le salaud...

Edgar comprit qu'elle l'avait aimé.

CHAPITRE 9

La gâchette

Embrouillant de longues mèches couleur noisette dans la sueur qui coulait sur son front, Angéla s'agitait dans son sommeil. Roger la contemplait depuis qu'il était sorti de songes confus qui lui avaient laissé un goût d'inexorable. Pour ne pas réveiller l'enfant, il n'avait allumé que la lampe à pétrole, ce souvenir d'un temps où les lumières étaient d'ambre. Il prit un gant qui trempait dans une bassine d'eau froide et humecta le petit front brûlant. Angéla se tourna, et ses lèvres esquissèrent un sourire comme si la fraîcheur soudaine lui dessinait d'autres rêves. Roger ne s'expliquait pas cette fièvre. Il veillait à la bonne santé de son arrière-petite-fille avec un soin exagéré, et, même s'il détestait les proverbes du style « en avril ne te découvre pas d'un fil », il ne pouvait s'empêcher de s'en vouloir. Elle avait sûrement pris froid. Il avait dû se laisser aller à quelque négligence. Encore un oubli. Sa cervelle partait en eau de boudin. Maintenant, il n'y avait rien qu'il puisse faire que d'attendre le matin, le retour de Rita. Si elle daignait regagner le cabanon.

Elle était passée, la veille, en pleine nuit, croyant qu'il ne s'en était pas rendu compte. Elle avait caché quelque chose dans la loggia, sous son lit, très vite, sans même venir jeter un regard à sa fille. Et Angéla, comme si elle l'avait senti, s'était réveillée le matin avec ce début de fièvre que Roger n'avait décelée qu'en fin de journée. Au fur et à mesure que s'écoulait ce samedi d'avril, la petite devenait bizarrement irritable, ce qui ne lui ressemblait pas. Elle avait refusé d'aller dehors, même pour pêcher. Et pourtant elle adorait ces moments d'attente, parfois récompensés par un éclair argenté frétillant au bout des lignes. Elle était restée dans le cabanon à dessiner. Elle n'avait presque pas mangé. Elle déchirait ses dessins au fur et à mesure qu'elle les faisait, avec une impatience inhabituelle chez elle. Il lui avait pris sa température : elle avait trente-neuf. Pas de quoi s'affoler encore. Roger essayait de se persuader que ce devait être psychosomatique — il adorait ce mot qui permettait d'expliquer tant de choses. En relation avec les absences répétées de sa mère. Angéla avait refusé de dîner, ne mangeant qu'un petit-suisse à la framboise. Roger s'était rendu compte qu'il allait devoir se ravitailler bientôt. Il détestait quitter son cabanon, leur cabanon maintenant que Rita lui avait confié la petite presque tout le temps. Surtout pour se rendre au petit supermarché sur la route qui menait à Juan, le plus proche de leur domicile. Depuis qu'il avait arrêté la brocante, il vivait comme une sorte d'ermite, et s'éloigner de sa petite maison lui était devenu viscéralement insupportable, comme si cet espace réduit, cette semi-grotte, cette cache allait disparaître en son absence, avalée par une des immenses villas qui s'appropriaient le bord de mer. Dans ce repli rocheux abrité par les arbres d'une propriété géante, il avait trouvé son havre, à ras du sentier qui faisait le tour du Cap. Et puis, désormais, tout était loin pour lui et ses vieilles jambes. Elles l'avaient porté jusqu'ici, jusqu'au crépuscule de sa vie, mais elles étaient usées maintenant, comme sa tête. Seuls ses bras demeuraient forts et son poitrail solide, malgré les tonnes de tabac brun fumées depuis qu'il avait quinze ans, en 1930. Il se souvenait de sa première cigarette, roulée le jour de son entrée en usine, pour faire comme les copains, qui allaient bientôt devenir des camarades. Mais où étaient-ils les camarades, désormais ? Roger avait largement eu le temps de perdre un à un tous ses amis, toutes ses relations. Sans parler de sa femme, morte avec un indéfinissable sourire, et de leur fille, qu'il avait vue glisser lentement après le départ du marin Lovely, se démettre face à la Vie, avec un grand V. Pas comme Victoire, comme Victime.

Pourtant, il avait retrouvé chez Rita un peu de la force qui l'avait animé, lui, dans sa jeunesse et après, et puis il avait découvert chez Angéla l'invraisemblable plaisir d'être arrière-grand-père. Faut dire que les générations étaient plus courtes que de son temps. Mais elles étaient tout aussi perdues.

Il regarda sa montre, l'approchant du jaune bleuté du pétrole. On arriverait bientôt au matin. Il quitta la petite chambre qu'il partageait avec Angéla, passant dans la pièce principale du cabanon. La petite fille s'était retournée dans son lit et dormait sur le ventre, le derrière relevé sous la couette, ronflant doucement comme un petit animal comique. Il referma doucement la porte et alluma la lumière. Avec des gestes qu'il répétait depuis des siècles, il se prépara un café dans une vieille cafetière italienne. Il l'aimait fort et épais, sans sucre. Les médecins le lui avaient fortement déconseillé. Il avait déjà arrêté le tabac pour sauver ses poumons. Fallait-il tout arrêter ? Assommé de conseils qui ne faisaient que retarder l'inéluctable, il avait donc arrêté d'aller chez les médecins. La seule chose qui l'angoissait vraiment, c'était d'avoir une attaque, de claquer un jour sans que Rita soit là pour veiller sur Angéla. Il fallait qu'il lui parle, qu'il lui exprime cette peur véritable. Elle n'avait plus le droit d'aller traîner ainsi sa vie dans des nuits effrénées, risquant de laisser sa propre fille se réveiller près du cadavre de son grand-papy. Elle l'appelait comme ça, la petite Angéla. Et c'est vrai que son arrière-grand-père était très grand, et très costaud, malgré son âge avancé et ses mauvaises jambes.

Il regarda dehors. Dans quelques heures le soleil allait bleuter la mer et un nouveau jour allait poindre. Un dimanche. Un jour sans école. Car même s'il assurait lui-même les bases de l'enseignement d'Angéla, attendant qu'elle ait six ans pour la laisser affronter l'autre monde, la prétendue réalité, il respectait la coutume un peu idiote qui fabrique des dimanches, des week-ends, des mercredis, des vacances. Il n'y a pas si longtemps, c'était le jeudi que les enfants n'allaient pas à l'école. Existait-il désormais quelque chose comme la semaine des quatre mercredis ? En tout cas Rita, elle, vivait comme si l'école buissonnière devait durer toujours. Roger n'avait rien à y redire. Sauf qu'il ne pourrait pas garder Angéla très longtemps encore. La mort de sa femme l'avait marqué, comme l'avaient marqué la guerre d'Espagne, la Seconde Guerre mondiale, la guerre d'Indochine, la guerre d'Algérie, les événements de 1968, la lente disparition des anarchistes, assimilés à des fouteurs de merde. Il y avait bien eu la bande à Baader pour ranimer un peu la peur chez les tenants de l'Etat et des multinationales, mais, pour sa plus grande tristesse, l'anarchisme semblait s'être évanoui. Peut-être renaîtrait-il un jour dans les banlieues, chez ces jeunes qui regardaient en face un avenir bouché comme un squatt condamné, lui tournant la casquette et le peignant avec leurs noms en lettres fluorescentes pour affirmer qu'ils existaient. Contrairement à beaucoup de gens de sa génération et des précédentes, Roger adorait les tags et les graffitis. Il n'avait plus beaucoup l'occasion d'en voir, puisque ses allées et venues se faisaient de plus en plus limitées. Il se souvenait d'une promenade récente, l'an dernier — c'était récent pour lui et très loin en même temps, décalé comme une autre vie — près du phare d'Antibes sur le coup de minuit. Il avait surpris deux de ces peintres de l'an 2000 en train de maculer la base du phare de lettres énormes. Deux mômes de la banlieue nord d'Antibes qui au-

146

raient sans doute bien aimé peindre directement sur l'énorme lentille du phare pour projeter leurs écrits au large, vers l'autre côté du monde. S'approchant à petits pas, Roger leur avait fait signe de ne pas s'interrompre.

— Chouf le papy cool, avait murmuré l'un des gamins, et cela avait fait sourire Roger. Il aimait bien ce mélange de langues. Ces gamins se créaient leur propre langage, abordant le nouveau millénaire avec une culture bien à eux, même si elle était un peu trop américanisée à son goût. Il avait levé la tête pour lire ce qu'ils écrivaient, heureux de ne pas avoir provoqué leur fuite. Et il était parti d'un grand éclat de rire. Les gamins avaient écrit deux mots énormes, l'un au-dessus de l'autre, en lettres larges, rose et fuchsia, séparées par une espèce de & : ZOB & PINE. Apparemment, même s'ils n'allaient plus à l'école, la symbolique du phare ne leur avait pas échappé. C'était presque comme un doigt levé, un « nique ta mère » géant dressé face à la Méditerranée, placé là juste pour qu'ils puissent lui donner un nouveau sens. Et le gland de cet énorme zob continuait à clignoter, nuit après nuit, gardant sur sa tige la signature de ces artistes, mal effacée par des équipes de nettoiement qui baissaient peu à peu les bras.

La cafetière siffla, et Roger éteignit le réchaud électrique. Il se versa une tasse brûlante et la but, laissant l'incendie noir descendre jusqu'à son estomac vide comme s'il s'infligeait quelque chose entre le plaisir et la torture. Pour moins se sentir vieillir. Il faisait plein de trucs comme ça. Par exemple, il s'obligeait à serrer deux balles de caoutchouc tous les matins pendant une demi-heure, pour affermir ses énormes avant-bras. Pour ne pas perdre ce qui lui restait de force. C'était une manie contractée en prison. Comme les pompes et les abdominaux. Mais il avait un peu lâché sur les pompes et les abdos. Avec ses mauvaises jambes, c'était devenu une gageure. Dieu qu'il se sentait faible ces derniers jours. Et Dieu sait qu'il n'aimait pas évoquer Son nom, lui qui avait porté comme un flambeau toujours s'amenuisant le « ni Dieu ni Maître » de ses camarades disparus. Oh ! Rita lui avait bien dit qu'elle avait entendu dire qu'il existait encore des survivants des Brigades internationales — elle avait même vu à la télé un documentaire sur ces jeunes vieillards encore complètement remontés contre le fascisme — cela lui avait évoqué un troupeau de fantômes, se réduisant peu à peu, sous le souffle de l'Histoire. L'Histoire qui allait bientôt éteindre Roger. Pourtant, il avait encore des rêves, sinon des regrets. Le regret de ne pas avoir osé aller faire la connaissance de Picasso quand il traînait dans le coin, et le rêve d'une société sans jamais plus de Guernica.

Il songea soudain à ce que Rita avait ramené la veille et qu'elle avait caché, croyant ne pas être vue, sous son lit installé dans la minuscule loggia de la pièce principale. C'était un tableau. Roger l'avait remarqué à sa forme de rouleau. Mais il n'avait pas osé le dérouler. Il avait toujours été très discret. Mais maintenant, à quelques heures du matin, sûr et certain que Rita ne reviendrait pas de bonne heure,

148

il décida d'aller voir ce qu'elle avait dissimulé, avec un soupçon de vengeance. Comme s'il avait lu dans ses carnets intimes ou dévoilé certains aspects de sa vie privée. Il savait qu'il violait ainsi sa confiance, mais il commençait à en avoir un peu ras le bol de la négligence de sa petite-fille, de son je-m'en-foutisme. Tu vieillis, Roger, tu t'embourgeoises, ou plutôt tu agis comme un patriarche bourge qui surveille sa progéniture, se dit-il, et l'idée le fit sourire. Il grimpa sur la petite loggia, où il fallait presque se mettre à quatre pattes pour accéder au lit, et saisit le rouleau de toile. Il redescendit prudemment l'échelle. Pas le moment de se casser une jambe. Il s'avança jusqu'à la table ronde qui tenait presque toute la place devant le coin cuisine et défit délicatement le rouleau. La toile elle-même était très ancienne, mais pas trop craquelée. Il prit deux gros bouquins sur l'étagère, les *Carnets de travail* de Flaubert et *La Montagne magique* de Thomas Mann, pour maintenir le tableau à plat, puis il mit ses lunettes. Il resta bouche bée. Il avait sous les yeux le portrait presque exact d'Angéla avec sa mère, si Rita avait vécu au dix-septième siècle. Ce tableau était magnifique, et Roger n'avait pas besoin d'être un expert en peinture flamande pour reconnaître la patte d'un très grand maître. Il chercha, le nez sur l'épaisseur de la matière, la trace d'une signature, mais n'en trouva point. Cela aurait pu être un Memling ignoré, ou alors l'œuvre d'un peintre inconnu, un Italien qui aurait beaucoup voyagé peut-être, vu d'autres lumières que celles de la Toscane ou de la

149

Vénétie. Oui, mi-hollandais dans la lumière, mi-italien dans la délicatesse et la force. Une femme et une petite fille, elle pouvait être sa fille, mais il sentait une étrange absence de lien familial dans leur attitude. Comme ces nouveaux parents modernes. Cette toile allait à l'encontre des idées reçues sur les tableaux de cette époque-là. Ce n'était ni une madone à l'enfant, ni une brodeuse, ni une courtisane avec une infante, ni une paysanne, ni une bourgeoise, ni une joueuse de cartes, ni une escamoteuse, ni une sainte, rien de connu. La jeune femme portait une robe qui réussissait à être à la fois princière et paysanne, et la petite fille était déguisée en ange. On voyait bien que le peintre n'avait pas voulu représenter vraiment un ange, ni un Jésus bizarre, parce que l'enfant portait des ailes fausses, attachées sur sa robe de lin. Elle était réellement déguisée, comme si la femme l'accompagnait à un goûter costumé quelque part. La femme, Roger n'aurait su dire pourquoi, si elle n'était pas la mère de cette enfant, n'était ni sa gouvernante, ni sa sœur aînée. Elles avaient plutôt l'air de deux complices se proposant de faire une sorte de blague comprise d'elles seules. Roger songea que Rita et Angéla avaient un peu ce genre de rapports, pas du tout mère-fille. Ces deux étranges personnages marchaient sur un chemin bordé d'arbres aux couleurs automnales. Il était déjà tard, et une lumière rasante tombait sur elles à travers les feuillages, tandis qu'au lointain on apercevait les remparts d'une ville assez petite qui, bizarrement, ressemblait à Saint-Paul-de-Vence. La ville, comme le ciel, était encore parée des couleurs beaucoup plus claires d'une journée ensoleillée. C'était une œuvre étrange, d'une grande beauté, et certainement d'un prix inestimable. Même s'il s'agissait d'une fausse antiquité, d'un tableau moderne exécuté par un figuratif fulgurant, amoureux des lumières et des factures anciennes. C'était possible. Pourtant, la toile semblait très vieille. Rita avait volé ce tableau. Roger ne voyait pas d'autre explication. Elle n'avait pas pu le trouver dans une brocante quelconque. Il n'y avait plus rien dans les brocantes, depuis belle lurette. Elle était venue le cacher ici en pleine nuit au lieu de le ramener dans son appartement des Aubépines. Roger frissonna, pas de froid, mais d'une anxiété soudaine. Il se demanda chez qui Rita avait bien pu voler cette œuvre. Sa petite-fille était une voleuse. Il savait déjà qu'elle tâtait un peu de la dope, comme elle disait, qu'elle monnayait plus ou moins son joli cul, ou en tout cas le désir qu'il pouvait inspirer. Mais elle n'avait encore jamais rien volé de plus gros qu'un rosbif de Mammouth. En tant qu'anar, il n'avait jamais rien eu théoriquement contre le vol, puisque c'est la propriété qui l'exige, mais cela lui faisait un drôle d'effet. Il avait eu assez d'emmerdements graves dans sa jeunesse et longtemps après, il avait tâté de différentes prisons, de différents camps barbelés, d'interrogatoires, il n'avait donc pas envie que Rita se mette dans une merde irréparable, sauf à coups d'années de prison, qui ne réparent pas grand-chose, qui auraient même tendance à détériorer davantage. Et si quelqu'un savait où trouver cette toile ? Et si ce quelqu'un débarquait pendant qu'il était seul avec Angéla ? Et si on faisait du mal à la petite pour qu'il accepte de rendre l'objet ? Et si, plus simplement, la police débarquait ? Si on l'accusait, lui, de recel ? Angéla irait directement à la DASS. Et ça, c'était hors de question. Il fallait qu'il planque le tableau. En tout cas jusqu'au moment où Rita reviendrait, et qu'il ait une petite explication avec elle. Pas sur la morale, non. Juste sur le risque.

Il savait exactement où dissimuler le tableau. Il rangea les deux gros livres dans la bibliothèque penchée qui débordait, foutoir culturel qui donnait encore un sens à ses insomnies. Très doucement, comme si c'était du parchemin, il roula la toile, puis la mit dans un de ces grands sacs poubelle qu'il détestait, d'un gris de rat luisant. Il attacha la ficelle transparente rose autour, puis mit le tout dans un second sac identique. Il vérifia que l'ensemble était bien étanche, et, satisfait, il rouvrit la porte de la petite chambre. Angéla avait encore bougé. Elle était sur le dos maintenant, bras écartés comme un petit avion prêt à décoller. Il referma la porte, prit une feuille de papier et un des gros marqueurs d'Angéla. Il se dessina, très approximativement, essayant d'imiter le style de la petite fille, puis dessina le cabanon et ce qui l'entourait, avec une grosse flèche qui indiquait la petite jetée, à quelques mètres de là, derrière les gros rochers. Laissant son dessin sur la table, là où elle ne manquerait pas de le voir si elle s'éveillait, il laissa la lumière allumée et sortit du cabanon. Il n'en avait pas pour longtemps.

CHAPITRE 10

Hamburger Pakistanais

Edgar avait toujours le goût de son propre vomi dans la bouche. Sur le môle, pendant la cérémonie mortuaire improvisée, il l'avait oublié. Mais là, la nausée revenait très fort, accompagnée d'une intense fatigue. Il avait mal au pouce, aux couilles, à la vessie. Il sentait presque tous les nerfs de son corps, vibrant comme des câbles électriques surchargés. Où étaient passés son enthousiasme, sa bravoure toute neuve ? Envolés avec ses rêves d'amour ?

Ils étaient là, assis dans la BM garée au même endroit, souillée du sang de Kevin. Les sièges en cuir étaient foutus. Tout était foutu. La fille allait lui demander de la poser quelque part, non loin de là où elle avait planqué le tableau et puis voilà. Ce serait tout. Elle disparaîtrait dans la nuit, une nuit de dingue où il avait balancé un cadavre du haut d'un viaduc, manqué étouffer dans son propre coffre, échappé aux balles dans un ascenseur, déposé un mourant sur une plage. Il essayait de faire le point, mais les idées défilaient dans sa tête comme les voitures en face de lui sur le bord de mer, sans s'arrêter.

Il perdait courage, s'il en avait jamais eu. C'était sans doute une illusion due à l'ébriété d'avoir survécu aux malfrats de l'antiquaire.

— Qu'est-ce qu'on fait, maintenant ? demanda-t-il pour rompre le silence qui se faisait particulièrement présent.

— Je réfléchis, dit-elle au bout d'un moment. J'aimerais trouver une épitaphe pour Kevin. Je crois que je lui dois quelque chose pour les quelques instants passés avec lui, et pour ce tableau.

— Tu ferais mieux de le rendre, conseilla-t-il.

— Et toi, tu devrais la fermer, tu pues de la gueule...

Voyant qu'il était secoué, vexé, et qu'il le prenait en pleine gueule, justement, elle ajouta :

— Au vrai sens du terme. Tu empestes la gerbe de vieille bière, mon pauvre Edgar.

Il sourit, un peu jaune. Elle semblait avoir retrouvé toute son agressivité.

— Ce que tu as dit sur lui tout à l'heure faisait une très belle épitaphe, murmura-t-il.

Elle rit, soudain très nerveuse, comme s'il avait surpris un secret.

— C'est vrai que je l'aimais, dit-elle, et que c'est un vrai salaud de s'être fait tuer. On aurait pu être si heureux, tous les deux.

Le silence se réinstalla, comme un invité importun dans le meilleur fauteuil de la maison. Décidé à rester. Il ne fallait pas. Il fallait qu'il trouve quelque chose à dire, une phrase qui renoue la magie précédente, les rares moments où il l'avait sentie proche,

154

prête à se laisser aller vers lui. Mais il avait beau passer en revue tous les fichiers de son pauvre crâne, rien ne venait.

— J'ai soif, dit-elle, j'ai envie de m'exploser la tête.

— Moi, j'ai faim, dit Edgar, j'ai carrément comme un trou dans l'estomac. J'ai faim, j'ai soif et j'ai envie de me laver.

— Il faut que j'aille chercher le tableau, dit-elle d'un ton sans réplique.

Elle le regarda. Il sentait son regard posé sur son profil, et n'osait pas tourner la tête vers elle.

— Tu as des enfants ? demanda-t-elle avec une drôle de petite voix.

— Non. Je devrais ?

— T'es assez con pour faire un bon papa, je crois, oui.

— Tu te permets des choses avec moi que je n'accepterais de personne.

— Ça reste à voir, dit-elle d'un ton amusé.

Il percevait son sourire au ton de sa voix, sans la regarder. Il n'osait pas porter les yeux sur elle, s'attendant à trouver dans son regard... à trouver quoi ? Une invite ? Un appel ? Une fin de non-recevoir ? Il avait l'impression d'être dans un film français dit intelligent, un de ces films si difficiles à vendre, et dont la carrière future semblait vouée à une redécouverte inopinée au ciné-club, probablement vers la fin de la vie du metteur en scène, ou juste après sa mort.

— Allez, viens, fit-elle, on va aller se prendre une caisse bien méritée.

Edgar n'était pas bien certain du sens qu'elle donnait à cette expression, mais devina peu à peu lorsqu'elle lui fit signe de tourner vers Antibes, en prenant la nationale. Là, passé Marina-Baie des Anges, s'étalait une zone d'hypermarchés de meubles, de soldeurs de chaussures, d'ateliers désaffectés ou pas, noyés dans une débauche d'immenses panneaux publicitaires. Ils longèrent un instant cet étalage de produits à bas prix et, après un virage et un feu rouge, elle lui fit signe de s'arrêter devant un long bar en brique qui ressemblait à une prison de western. Le patron de ce café-restaurant avait fait installer une véritable bagnole de flics américains sur le toit de son établissement. Une belle caisse pie qui dominait les bâtiments alentour. On nage dans la légende, se dit Edgar. Malheureusement ce café pour noctambules fanas des USA était en train de fermer. Juste à côté, un petit camion transformé en buvette était encore ouvert et ramassait la clientèle qui ne dort jamais avant l'aube. Le propriétaire du camion, un Pakistanais visiblement optimiste, avait installé quelques tables de jardin et quelques chaises devant sa gargote roulante, à ras de la route, sur le gravier du parking. Edgar et la fille descendirent de la BM de l'autre côté de la N7 et traversèrent. Il restait quelques clients dans le café américain, mais les grilles étaient tirées. Trois énormes Harley étaient garées, bien alignées, sous la voiture de police. Il y avait aussi des voitures américaines, des jeeps avec

des pneus gigantesques, bref toute la mythologie.
Mais, apparemment, pas moyen d'aller en faire partie. Ils se dirigèrent donc vers deux chaises pliantes
devant la gargote du Pakistanais. La fille indiqua une
chaise à Edgar et dit :

— Commande ce que tu veux et attends-moi là.

C'était plus un ordre qu'une demande. Et c'était
plein de sous-entendus qu'Edgar avait du mal à trier.
Elle fit demi-tour et alla frapper au carreau du café
américain. Elle devait connaître les patrons, car on
lui ouvrit. Ou alors, pensa Edgar, on lui ouvre
simplement parce qu'elle est belle et bien roulée. Ou
les deux. C'est vrai qu'elle devait connaître du
monde dans la région. Elle lui avait bien trouvé un
costume propre quelque part dans Nice. A pas pe-
sants, Edgar se dirigea vers le camion-gargote. L'atmosphère puait le chiche kebab. Il n'osa pas en com-
mander un et se rabattit sur un hamburger, puis le
regretta quand il vit l'espèce de chose plate et vio-
lette que le Pakistanais sortit d'un placard pour le
coller sur une plaque chauffante. Edgar commanda
aussi des frites. Il regarda autour de lui. A une table,
trois Hell's Angels français sirotaient des canettes de
bière sans parler, surveillant discrètement leurs béca-
nes. Edgar envia leur épaisseur placide, leurs muscles couverts de cambouis, leurs visages effrayants.
Des types comme ça sauraient quoi faire. Ils ne se
seraient pas laissé approcher par les deux malfrats
de l'antiquaire. Ils auraient foncé dans le tas en hurlant comme des bêtes, se foutant complètement
d'être au milieu du casino, et *fuck*... C'était d'ailleurs

le mot tatoué sur l'avant-bras gauche du plus mince des trois, qui faisait bien quatre-vingt-dix kilos.

Edgar était en plein film, hors du temps. Le décor était insensé et presque silencieux. C'était l'heure où finissent en général les virées des fêtards et où les travailleurs matinaux n'ont pas encore attaqué. Et on était samedi soir, en plus. Dimanche... Il avait plein de rendez-vous sur le stand, au MIP. Il avait complètement oublié ses obligations, son travail, sa vraie vie. Cela commençait à dix heures. Ensuite il avait rendez-vous avec un acheteur allemand au bar du *Majestic*... et déjeuner avec... Avec qui... ? C'était noté sur son agenda électronique, qui était dans la poche de veste de la fille. Sa vie était foutue, sa vie professionnelle en tout cas. Il pouvait prétendre qu'il était malade, faire dire à la réception du *Noga* d'intercepter les messages, dire au stand de Flam Productions qu'il avait eu un empoisonnement alimentaire. Il échafaudait des excuses plus tarabiscotées les unes que les autres, lorsqu'il se rendit compte que cela impliquait qu'il s'en aille de là immédiatement. La fille lui avait laissé les clés de la voiture. Et elle lui avait rendu son porte-cartes de crédit. Le reste de ses affaires, il s'en foutait. Il pouvait encore atteindre Cannes et dormir quelques heures, reprendre le cours de son existence comme si tout cela n'avait été qu'un cauchemar. Oublier cette fille, son dealer mort, les autres cadavres, le tableau volé et tout... Oui, il allait le faire.

— Ton hamburger, m'sieur, dit le Pakistanais. Edgar se retourna, et le petit homme, jovial malgré sa fatigue, lui colla une assiette en carton dans les mains.

— Toi boire quoi ?

— Une bière, répondit machinalement Edgar. Et puis il se rendit compte qu'il n'avait pas d'argent. Il essaya de sourire à ce brave émigré moustachu et balbutia que son amie avait les sous, qu'elle allait revenir.

— Pas problème, dit le Pakistanais.

Dans son dos, Edgar entendit un raclement de chaises sur le gravier. Il tourna un tout petit peu la tête pour apercevoir l'un des Hell's qui avait écouté sa conversation avec une attention soutenue. Edgar sentit ses jambes fléchir. Les trois types allaient les dépouiller quand la fille sortirait. Il en était certain. La fille avait perdu le revolver dans l'ascenseur du *Ruhl*. Et ce n'était pas la peine de compter sur le petit Pakistanais pour intervenir. La peur se saisit d'Edgar comme on passe une chape de glace, l'enveloppa, et ses mains se mirent à trembler.

— C'est la fatigue, dit-il au Pakistanais, qui hocha la tête comme s'il était normal de sucrer ainsi les fraises.

Pas de parano, pas de parano, se répéta-t-il. Elle va sortir du bar, venir vers moi, payer le hamburger et les frites, et puis on va traverser à toute vitesse et courir jusqu'à la voiture. Il s'imaginait cette scène, se voyant déjà bondir derrière le volant. Il se dit que, dans les films et les séries policières, les personnages démarrent en général à toute vitesse, comme si les clés étaient restées au contact. Ce qui n'était pas le cas ici. Il n'y arriverait jamais. Comment avait-il pu une seule seconde se sentir devenu un autre homme ? Quel ridicule ! Lui, ce pauvre Edgar, comment allait-il se sortir de cette merde ? Il regarda sa montre, et manqua renverser l'assiette en carton qu'il tenait toujours. Il était bientôt cinq heures du matin. Il ne faisait pas encore jour. Il pouvait leur donner sa montre, en espérant qu'ils l'accepteraient pour les laisser tranquilles.

Essayant d'oublier les trois terreurs dans son dos, il se tourna vers la nationale, et fit semblant de regarder les rares voitures qui passaient. Il y avait peu de circulation. Quelques camions qui évitaient l'autoroute, quelques rares voitures. Une BMW comme la sienne, mais décapotable, passa dans un glissement feutré, puis une camionnette frigorifique dans l'autre sens, avec Viande en Gros écrit en rouge sur le flanc. Voilà ce que je suis, ce que nous sommes tous, se dit-il. De la viande en gros. Une Porsche arrivait en vrombissant, suivie de très près par une grosse Mercedes. Elles allaient bon train, bien au-delà de la limite de vitesse, quand le feu juste à côté de la gargote pakistanaise passa au rouge. Dans un grand crissement, les deux voitures s'arrêtèrent. Au volant de la Porsche, à travers les vitres légèrement teintées, Edgar aperçut comme une masse de cheveux presque blancs. L'homme se tourna vers lui. Il portait une épingle de cravate qui brilla un instant à la lumière orange du carrefour. Il y avait un autre type à côté de lui. Dans la Mercedes, trois hommes, trois malabars. Edgar se retourna très vite. Ce n'était

160

pas possible. C'était une coïncidence. Ça ne pouvait pas être le type du *Ruhl*, le propriétaire du tableau. Et pourquoi pas ? A part l'autoroute, il n'y a que deux routes qui longent la mer. L'antiquaire avait rameuté d'autres types pour l'aider ! Edgar pria pour que ce ne soit pas lui et pour que, si c'était lui, la fille ne sorte pas maintenant du bar. Pas maintenant. Sinon, ils étaient morts tous les deux. Edgar tabla sur le fait que l'antiquaire n'avait pas pu bien le voir au *Ruhl*. Du moins l'espérait-il. Il en avait oublié les Hell's. Le coin de son regard accrocha leurs silhouettes massives, leurs bras épais garnis de bracelets cloutés, la tête de mort à coiffure d'Indien sur le dos des blousons sans manches, les cheveux graisseux, les sparadraps sales autour des phalanges. Il paniquait complètement, comme un lapin pris entre deux feux. Il tremblait convulsivement maintenant. Il prit une grande respiration pour essayer de se calmer.

— Toi manger... Hamburger et frites froids sinon, dit le petit Pakistanais en souriant.

Dans son dos, Edgar entendit la Porsche vrombir, puis démarrer. La Mercedes suivit. Le feu était passé au vert. Il faillit s'étouffer, se rendant compte qu'il retenait sa respiration depuis un bon moment. La porte du bar américain s'ouvrit, et la fille en sortit, une bouteille de bourbon à la main. Elle avança tranquillement vers lui. Il voulait lui faire signe, lui dire d'éviter les trois Hell's qui étaient entre elle et lui, assis comme des lions au bord d'une mare, tranquilles, les yeux mi-clos, calculant déjà le poids de la viande. Il fit un pas vers elle. Elle lui sourit. Elle avait l'air contente de le voir. Plus elle s'approchait des Hell's qui les séparaient, plus elle souriait. Si j'osais, se dit Edgar, je prendrais une chaise... Je la fracasse sur la tête du plus gros, par-derrière, et je cours à la voiture. Elle comprendra. Elle est rapide... Mais elle souriait toujours. Idiote, tu ne vois pas qu'ils vont te sauter dessus ? Le plus gros des Hell's commençait d'ailleurs à remuer, soulevant à moitié son tas de muscles. Et la fille avait les yeux tout joyeux, comme s'il ne leur était pas déjà arrivé les pires choses, comme si ces trois monstres n'allaient pas s'occuper d'eux, immédiatement.

Elle arriva à hauteur des Hell's. Edgar était paralysé. Il n'avait qu'un geste à faire. Il fallait dire quelque chose au moins, crier, l'avertir...

— Salut, Dany, fit la fille, je t'avais pas reconnu.

— Salut, Rita, dit le plus gros des trois Hell's en finissant de se lever. Dans ta p'tite pogne t'as exactement c'qui nous faut pour s'finir la nuit !

CHAPITRE 11

With a little help from my friends

Cela faisait déjà une demi-heure qu'ils étaient installés là, sur le bord de cette nationale 7 qui n'évoquait plus le moindre souvenir de la Provence, ni de Trenet, dans ce décor presque complètement américanisé. La bouteille de Four Roses que Rita avait apportée était quasiment vide. Les trois Hell's, Dany, Joe et La Rouille, alternaient une Kronenbourg avec un gobelet de bourbon à une cadence incroyable et Rita suivait. Edgar avait accepté une première tournée, puis avait grimacé des sourires pour refuser les autres. Le Pakistanais rangeait son petit business, des bagnoles passaient, le jour allait poindre, tout allait bien. C'était extraordinaire. Ils étaient là tous les cinq comme de vieux amis, au bord de la route. La route vers où ? se demandait Edgar. Et avec qui ? Il savait maintenant qu'elle s'appelait Rita. Elle ne pouvait donc pas avoir une sœur qui s'appellerait Rita. C'était elle qui avait répondu au Minitel, qui l'avait attiré dans ce guêpier. Mais dans quel but ? Avait-elle seulement un but ? Et toute cette histoire de tableau était-elle vraie, en fait ? Quelqu'un qui ment a tendance à mentir tout le temps. Dans l'appartement des Aubépines, il y avait sûrement le téléphone, et un Minitel caché quelque part. A bien y réfléchir, cet appartement et la pagaille qui y régnait ressemblaient assez à Rita elle-même. Et alors le type qu'ils avaient balancé était certainement venu de la part de l'antiquaire récupérer le tableau. Il savait où elle habitait. Ils avaient remonté sa trace. Comme ils avaient retrouvé le dealer à cause de ses fréquentations, de ses fâcheuses habitudes de flambeur. Il devait être connu pour ça.

Rita lui avait menti. C'était ce qui lui faisait le plus mal. Comment pourrait-il aimer quelqu'un qui mentait ? Toute leur relation avait débuté par une duperie. Edgar s'imagina soudain qu'il n'y avait pas eu de type aplati sur le sol dans l'appartement des Aubépines. Qu'il était arrivé, attiré par le Minitel de Rita, et qu'ils s'étaient connus comme ça, qu'il l'avait invitée à sortir.

Il a emmené Rita dîner... A Saint-Paul-de-Vence à *la Colombe d'Or* par exemple. Un endroit beau et chaleureux. Ils ont bu et mangé et souri de l'incongruité de leur rencontre. Edgar a affirmé que c'est la première fois qu'il essaie une messagerie Minitel. Ils ont ri de son nom de code, monsieur Ed. Rita est détendue, elle joue avec sa fourchette en le regardant avec des yeux un petit peu grivois mais pas trop. Ensuite ils font le tour des remparts, une promenade romantique au clair de lune, et il la persuade de revenir avec lui au *Noga Hilton*. Ils jouent un peu au casino devant un dernier verre. Il gagne, et ça la fait rire. Ils montent dans sa chambre. Il la déshabille, doucement, tout doucement. Ils sentent tous deux que c'est plus qu'une rencontre Minitel. Qu'un véritable amour est en train de naître. Il la caresse. Elle lui dit qu'elle aime sa bite, qu'elle la trouve juste bien. Il l'embrasse partout, tout doucement, faisant des prodiges tactiles. Il réussit à se retenir longtemps, très longtemps, assez pour qu'elle prenne un plaisir inouï, le plaisir qu'Edgar imagine qu'on prend quand on fait l'amour avec quelqu'un dont on est follement amoureux. C'est beau. C'est magique. Mais ce n'est pas vrai.

Rien de tout cela ne s'était produit et rien d'approchant ne risquait plus de se produire. Dans aucun avenir.

D'ailleurs, pour l'instant, l'avenir était bouché par les carrures de Dany, Joe et La Rouille. Et ils rigolaient comme trois gamins à des conneries que racontait Rita. Elle se saoulait plus de paroles que de bourbon. Elle était lancée dans une description délirante de la soirée où Kevin et elle avaient volé le tableau. Après avoir abandonné Kevin sur son mausolée marin, elle avait dit qu'elle voulait se beurrer la gueule. C'était fait. Mais il n'avait pas fallu plus de trois gobelets de bourbon pour qu'elle perde complètement conscience de la situation réelle. Elle était là, à rigoler avec ses trois copains, trois anges de l'enfer, comme si tout allait parfaitement bien sur terre. Edgar n'en pouvait plus. Il avait une terrible envie de s'en aller, d'aller dormir, d'oublier tout ça. Le hamburger lui faisait une curieuse boule dure dans l'estomac et le bourbon lui avait brûlé la gorge. Il sentait le vomi, mais ça n'avait pas l'air de déranger les trois Hell's qui le considéraient avec sympathie. Il était un pote de Rita, donc il était forcément cool, même s'il avait une drôle d'allure et s'il puait la gerbe. Il aurait voulu parler avec Rita, peut-être engager la conversation avec les Hell's, mais il n'osait pas. Pourtant il fallait qu'il lui dise qu'il avait cru reconnaître l'antiquaire dans la Porsche...

Edgar se rendit compte qu'il avait perdu le fil de la conversation, où il n'était qu'un invité hochant la tête de temps à autre d'un air entendu, un figurant qui essayait d'avoir l'air cool alors qu'il se remettait à peine d'une énorme frayeur. Tout d'un coup, Rita sortit de sa poche la liasse de faux billets de deux cents francs qu'elle trimballait depuis les Aubépines. Dany fit un clin d'œil et empocha la liasse.

— J'te garantis rien... On va voir...

La fille lui envoya un petit baiser avec les doigts, et le gros Hell's sourit. Il avait l'air encore plus méchant quand il souriait. Pendant un instant, Edgar crut que Rita venait d'engager ces trois monstres pour leur servir d'escorte. Il le souhaita soudain, dur comme fer. Mais non. Elle venait juste de trouver comment se débarrasser des faux billets. Les trois Hell's se levèrent et, après un salut de la main assez mou, ils se dirigèrent vers leurs Harley, en remontant un peu leurs couilles dans leurs jeans sales, marchant comme des cow-boys fatigués. Quelques instants et quelques vrombissements plus tard, ils étaient partis, et Edgar était seul avec Rita.

— Pourquoi t'es pas parti tout à l'heure, au lieu de manger cette saleté de hamburger ? demanda Rita.

— Pourquoi tu m'as menti dans ton appartement ? répliqua Edgar.

Elle rit un petit peu, puis le regarda droit dans les yeux.

— Edgar, mon petit Edgar, t'es une trop bonne pâte. T'es pas fait pour la vie telle qu'elle est. Retourne dans ton monde, va vendre tes films et oublie tout ça. Tu m'as déjà assez aidée, et je t'ai traité comme même pas un clébard. Je sais à quoi tu penses. Je sais ce que tu ressens. T'es complètement transparent, mon petit Edgar.

Il lui fit remarquer qu'elle ne l'appelait plus « mon pauvre », mais « mon petit ». Il y avait un progrès, non ?

— T'es attendrissant, je te jure, avec ta pauvre tête et ta veste pleine de vomi. Dany t'a pris pour un junkie de la jet-set, t'imagines ?

— Pourquoi tu m'as dit que tu avais une sœur et que tu n'avais pas de Minitel, ni même de téléphone ?

— C'est que ça qui te tracasse ? Mais mon petit Edgar, on a bien d'autres soucis. Ces mecs doivent nous chercher partout. Ils savaient où me trouver. J'ai fait la connerie de prendre un appel, le tien. C'est de la déformation professionnelle. Je me disais qu'il fallait que je fasse comme tous les jours, avant de retrouver Kevin qui devait contacter quelqu'un pour lui vendre le tableau. On n'a même pas eu le temps de discuter. Ça craint, tout ce qui s'est passé. Kevin, je m'en remettrai, pas tout de suite, mais je l'oublierai, seulement j'oublierai pas comment il est mort, ni ce que ces types sont capables de faire. Ce foutu tableau doit valoir plus qu'une fortune. A mon avis, l'antiquaire est très très mal vis-à-vis des deux clients de sa soirée d'hier. Ils n'ont pas dû apprécier. Il faut que je récupère ce tableau et que je le vende ou que je le rende. Mais même si je leur rends, ils vont pas me laisser tranquille. Même si je le détruis, ils ne voudront jamais me croire. Et puis je n'ai pas envie de le détruire. Il est trop beau. Et j'ai promis à Kevin de pas le rendre, jamais... Je vais te dire où il est, mais tu diras rien, promis ? J'ai un grand-père encore en vie. C'est tout ce qui me reste comme famille, à part ma sœur imaginaire. Et ce grand-père, il a un petit cabanon, un endroit tu n'y croirais même pas tellement c'est génial. Merde j'ai trop bu, je commence à perdre le fil.

Elle reprit son souffle, vida le reste de bourbon dans son gobelet et lança la bouteille vers une poubelle qui traînait un peu plus loin près de la camionnette-restaurant du Pakistanais. La bouteille atteignit la poubelle et se brisa à l'intérieur.

— Bingo, dit-elle. Puis elle fouilla dans ses poches, compta l'argent qu'elle y trouva. Il y a encore quelques trucs que je voudrais te dire, reprit-elle. Cet antiquaire de merde a des connexions maousses. Ils vont finir par me choper, par savoir que j'ai un grand-père, je sais pas comment, mais je le sens. Et si jamais ces types découvrent où est le tableau, dans le cabanon de mon grand-père, ils vont aussi y trouver ma fille, ma petite fille de cinq ans, qui dort comme un petit démon du paradis qu'elle est. Ma petite fille dont je ne m'occupe pas assez. Ma petite fille que la vie que je mène — pour gagner quoi ? à peine plus que si j'étais caissière au Leclerc, en fait, parce que je flambe tout connement au fur et à mesure — mon petit ange que cette putain de connerie de vie que je mène éloigne de moi un peu plus toutes les nuits. Et s'ils trouvent ma petite fille, alors, tu vois, je suis vraiment foutue, et elle aussi.

— Mais faut pas rester là, cria presque Edgar, ému comme jamais par cet étalage de vie, tartinée de merde passée, présente et à venir.

— T'as raison, dit Rita avec un sourire. Mais je ne sais pas si je peux marcher. Je suis complètement partie, Edgard.

Effectivement, il remarqua un certain flou dans ses yeux. Elle avait un sourire désabusé au coin des lèvres.

— Et puis je m'en fous, ajouta-t-elle.

— Viens, dit-il. On va chercher le tableau.

CHAPITRE 12

La sirène, l'ours et le chacal

Au lointain, vers l'Italie, le ciel se teintait d'un bleu acier. Roger aperçut les phares d'une voiture qui se garait devant la plage de la Garoupe. Les faisceaux s'éteignirent. Probablement des fêtards du samedi soir qui venaient regarder l'aube se lever. Il ne s'attarda pas et marcha à grands pas vers le cabanon. Il avait de plus en plus mal aux jambes. C'était fini. Il n'allait plus pouvoir garder Angéla. Il ne verrait plus son arrière-petite-fille qu'épisodiquement, et sans doute de moins en moins. Même s'il n'en avait pas envie, il savait qu'il faudrait bientôt l'hospitaliser. Et les enfants n'ont pas le droit de visite dans les hôpitaux. Malgré la tristesse de toutes ces pensées, il parvint à y trouver un signe positif. Il avait toujours réussi à voir quelque chose de positif, même dans les pires situations. Rita serait désormais obligée de veiller sur sa fille, de changer de vie, si elle voulait la garder. Mais qu'est-ce qu'elle allait bien pouvoir faire ? Intérimaire ? Contractuelle ? Elle l'avait déjà fait juste après la naissance d'Angéla. Un mois, le temps de s'engueuler avec ses chefs. Elle avait fait ça par défi, par ironie, à cause de la chanson des Beatles qui lui valait son prénom. Mais, visiblement, elle n'était pas faite pour arpenter les trottoirs d'Antibes, le carnet de P-cul à la main. Tous les cacous la sifflaient trop belle.

Derrière les montagnes, le ciel s'éclaircissait de plus en plus. La côte était encore plongée dans l'obscurité. Roger regarda la porte du cabanon. Elle était entrouverte. Il ne se souvenait plus s'il l'avait fermée en sortant ou s'il l'avait laissée à demi ouverte. Il entra, la referma et alluma le bouton de son transistor. Roger se tenait au courant des états d'âme du monde par l'intermédiaire des stations d'information. Il allumait de temps à autre, à n'importe quelle heure, comme un vieux médecin qui prend la température d'un ami qui va mal. Roger aimait le monde, l'humanité, les gens, ses frères et sœurs. Il s'insurgeait tout seul dans son cabanon à l'annonce de nouvelles iniquités, de nouveaux massacres. La planète semblait devenue folle et cette démence le fascinait. On était au courant du moindre événement qui se produisait à l'autre bout du monde. La théorie du chaos poussée à l'extrême. Un capitaine éternuait dans une province africaine, et la bourse tremblait au Japon... Mais Roger était tout aussi fasciné par ce qu'on ne savait pas, qu'on ne saurait jamais. Sans atteindre l'ampleur du secret des années staliniennes, certains faits demeuraient cachés, certaines tendances étaient oubliées, dénaturées. Tous les événements se banalisaient forcément, devenaient identiques, aussi importants les uns que les autres, que ce soit un divorce royal en Angleterre, des spectateurs piétinés pendant un match de football en Amérique du Sud, ou les progrès de la génétique. Roger n'avait pas l'impression d'avoir acquis une certaine sagesse. Il avait plutôt la sensation d'être devenu trop lucide et que cette lucidité même l'aveuglait, l'empêchait de saisir ce qui était vraiment primordial dans la somme de nouvelles qui tombaient toutes les heures. Il avait fini par développer une espèce de passion morbide pour les faits divers. La vraie banalité. Les drames ordinaires vécus par ses ex-frères humains lui semblaient refléter à merveille l'état du monde, livré à une forme de barbarie postmoderne, comme ils disaient dans le poste.

Il écouta d'une oreille distraite les sempiternelles promesses d'un politicien arriviste, puis la célèbre langue de bois d'un autre avant d'être enfin intéressé par un flash spécial. « Bizarre règlement de comptes à Nice. On vient d'apprendre qu'une fusillade a eu lieu dans le parking d'un casino niçois. Deux des victimes, connues des services de police, étaient liées à un important trafic de faux billets de deux cents francs. La troisième victime, qui a apparemment tué ses agresseurs avant de succomber à ses blessures, est un retraité apparemment sans histoires. Apparemment (le journaliste aimait bien cet adverbe) seulement, car on a retrouvé son épouse à leur domicile, tuée par un autre membre du gang des faussaires, dans des circonstances étranges. L'homme serait entré par une verrière qui aurait cédé sous son poids,

écrasant la malheureuse. La police se perd en conjectures... »

Roger sourit. Il se passait toujours des choses bizarres et la police se perdait souvent en conjectures.
Comme on en venait au sport, Roger ferma la radio.
Il tâta la cafetière, qui était encore chaude, mais,
avant de se resservir, il ouvrit la porte de la chambre
pour jeter un coup d'œil sur Angéla. La petite fille
n'était plus dans son lit.

Ils étaient sortis de la BM, garée contre une camionnette, et s'étaient faufilés dans un escalier à
moitié couvert de sable. Assis sur le muret d'un restaurant fermé jusqu'au 1er mai, Edgar se frottait les
yeux. Rita était sur la petite plage de la Garoupe,
face à l'heure du loup, et, malgré la fraîcheur, elle
se déshabillait, sans un mot. Elle avait la sérénité de
quelqu'un qui va se purifier. Il l'admirait. Aller se
tremper, comme ça à l'aube ! Et après une nuit pareille...

Il se laissa glisser dans le sable, manqua se tordre
la cheville parce qu'il avait mal calculé son saut et
avança entre deux pontons à claire-voie, restant à
distance de ce corps. Elle n'avait plus que sa culotte.
Elle l'enleva avec la grâce d'une gamine. Il apercevait son cul dans la pénombre. Elle avança dans
l'eau sans hésiter, pas après pas. Dans cette petite
crique, il n'y avait presque pas de pente. Elle marcha, sans produire la moindre éclaboussure, pendant
très longtemps.

173

— Elle est bonne, dit-elle, elle est presque chaude.

Edgar se disait qu'elle était folle. Alors qu'ils n'avaient pas une minute à perdre, elle allait se baigner, comme ça, dans le noir, à poil. Il la désira soudain, terriblement. Pour se donner une contenance, il s'accroupit et trempa la main dans les premières vaguelettes, mouillant ses chaussures. Effectivement, l'eau était presque chaude, par comparaison avec la fraîcheur de l'air bleuté. Rita avait de l'eau jusqu'à la ceinture. Elle se retourna et, pour la deuxième fois de la nuit, il vit ses seins. Il se souvint comment il les avait regardés dans l'appartement. Hier soir. Il s'était passé tant de choses. Il avait l'impression d'avoir vécu toute une vie en quelques heures. Il avait envie d'en vivre une autre. Avec elle. Elle qui se laissait glisser dans l'eau, esquissait quelques brasses avant de se relever et de revenir vers lui, les cheveux trempés, le corps piqueté de chair de poule. Ses poils sombres faisaient un joli dessin sur son ventre. Elle ruisselait. Edgar ôta sa veste pour la couvrir quand elle regagna enfin la plage. Elle s'en servit pour s'essuyer. Il ne savait pas quoi dire. Il était là à contempler le corps de cette jeune femme qui lui avait menti, qui l'avait entraîné dans un tourbillon mortel, cette femme qu'il aimait et désirait plus que tout au monde. Elle restait silencieuse. Elle ramassa sa culotte et l'enfila, sans la moindre gêne. Puis elle passa son tee-shirt, son jean, glissa ses pieds dans ses mocassins et secoua sa saharienne pleine de sable avant de la remettre. Edgar se baissa pour ramasser sa veste mouillée. Il se sentait comme cette étoffe. Humide, sale, froissé, sableux. Cette étoffe qui avait touché son corps.

— Bon, allons-y, dit Rita.

— Où est-ce ? demanda Edgar pour dire quelque chose en se dirigeant vers la BMW.

— On va à pied, sur le sentier le long du cap.

Roger sortit du cabanon comme un fou. Il pensa immédiatement à un kidnapping, même si cette idée était complètement insensée. Sa vieille caboche tournait à toute vitesse, enchaînant les suppositions. Ce tableau que Rita avait ramené. Il devait appartenir à quelqu'un, et ce quelqu'un avait retrouvé la planque de Rita. Comment ? Il n'osait pas l'imaginer... doivent avoir accès à certains fichiers... des gens de la mairie sans doute que le propriétaire du tableau devait connaître... Après tout Rita était plus ou moins connue des services municipaux, surtout depuis sa malheureuse tentative de releveuse de parcmètres. Et puis, à force de traîner ses mocassins partout, Rita était aisément repérable, pas comme le loup blanc, mais presque. Roger le savait. Mais c'était dingue d'imaginer tout ça. Des gens auraient kidnappé Angéla pour l'échanger contre le tableau ? Ils auraient profité de ses quelques secondes d'absence pour entrer dans le cabanon et emmener la gamine ? C'était impossible. Matériellement impossible. Il les verrait, là, sur le chemin qui longeait la mer. D'ailleurs il lui semblait apercevoir deux silhouettes qui marchaient vers lui, sombres formes avançant lentement sur les cailloux et les plaques de roche. Soudain, il sentit qu'on lui enfonçait quelque chose dans le dos.

— Pas un mot, chuchota une voix grasseyante.

Roger n'avait pas la moindre intention de dire quoi que ce soit. Il attendit sagement, sentant le souffle de l'homme dans son cou. Une odeur de whisky et de tabac blond.

Les deux silhouettes qu'il avait remarquées se rapprochèrent jusqu'à devenir deux hommes. Un gros balèze brun et un homme d'un certain âge, très élégant mais la veste pleine de saletés, cheveux blancs longs. Une épingle de cravate en or étincelait sur sa poitrine et, quand il arriva devant lui, Roger constata qu'il empestait le vomi.

— Où est Rita ? demanda l'homme d'une voix posée.

On devrait pouvoir discuter avec cet homme, se dit Roger.

— Je n'en sais rien. Ça fait deux jours que je ne l'ai pas vue. Il n'avait aucun mal à prononcer ces phrases, parce que c'était la vérité. Qu'est-ce que vous lui voulez ?

— Elle a dérobé, avec une espèce de petit salopard, un objet qui m'appartient.

— Je ne comprends pas, dit Roger. Il avait du mal à mentir. Il lui semblait voir le tableau en surimpression sur le visage de cet homme élégant. Comme s'il était une sorte de diable surgi dans le paysage que traversaient la femme et l'enfant. Un démon assoiffé.

176

— C'est une pièce de grande valeur, continua l'homme, et ce serait vraiment dommage que je ne puisse pas la récupérer.

— Je ne sais vraiment pas où elle est, ni de quoi vous voulez parler, se défendit Roger, qui se demandait quand l'homme allait faire apparaître une petite Angéla terrorisée. Ses jambes, déjà faibles, commençaient à céder sous lui, tant il avait peur. Oh ! pas peur de ces trois malfrats, pas peur de l'arme plaquée dans son dos. Peur pour son arrière-petite-fille adorée, pour ce bout'chou qui n'avait pas demandé à être embarquée dans une histoire pareille.

— Nous allons entrer dans votre cabanon, et discuter de tout cela tranquillement, dit le chacal aux cheveux blancs et longs.

Titubant quelque peu malgré son bain revigorant, Rita s'était accrochée au bras d'Edgar pour avancer sur le chemin. Edgar se demandait où ils allaient. L'étroit sentier surplombait les rochers. La mer était juste là, sombre, clapotant doucement. De l'autre côté, ce n'était que hauts grillages, haies taillées, ou les deux mélangés, protégeant d'énormes propriétés, avec de petites portes cadenassées donnant sur le sentier. Tout était calme. Pas un chien de garde ne venait troubler le silence de ce début d'aube. Le ciel était déjà bleu de France, avec des bandes de turquoise par endroits. Il n'y avait que quelques nuages fins et épars qui se coloraient de violet. Le phare d'Antibes continuait à expédier son signal vers l'horizon, inlassable, comme les vagues de la mer qui lui

faisait face. L'eau et la lumière. La nuit allait finir.
On était dimanche matin. Edgar pensa aux fêtards
du MIP qui sortaient à peine des boîtes ou des casi-
nos de Cannes. Et lui, il était là, avec cette fille à son
bras, qui titubait de fatigue et d'alcool. Il ne se sentait pas très bien non plus. Le hamburger ne passait
pas et le bourbon lui brûlait l'estomac. Pourtant, il
la tenait contre lui. Il sentait son sein droit toucher
son flanc. Il avait une terrible envie de s'arrêter, de
prendre Rita dans ses bras et de l'embrasser, là, sur
ce chemin étrange, devant le ciel de l'aube. Comme
à la fin d'un film, se dit-il. Il manquerait les violons.
Mais le film n'était pas fini. Je vais le faire, se dit-il.
C'est facile. Il suffit de cesser de mettre un pied devant l'autre. Elle va s'arrêter aussi. Elle va se demander pourquoi je m'arrête. Une espèce de poésie
un peu débile lui venait à l'esprit. Elle doit bien sentir mon émoi, ce frisson qui me parcourt... Avait-il lu
cela quelque part ? Etait-ce un souvenir des poèmes
appris durant ses années d'école qui étaient comme
un brouillard d'enfance, seulement troublé par la
mort de ses parents ? Arrête de penser, se morigéna-
t-il. Tu t'égares. Agis. Fais ce que tu as envie de
faire. Mais au lieu de cela, il se mit à parler.

— J'ai toujours eu une vie de con, dit-il. J'ai été
marié, tu sais, mais c'était un flop, comme on dit
dans le cinéma. Et depuis...

— Raconte pas ta vie, Edgar, dit Rita, économise
ton souffle.

— Pourquoi tu m'as menti ?

— Par peur, par connerie. Est-ce que je sais, moi,

pourquoi on ment ? Parce que je ne savais pas quoi dire. Je ne pensais pas que tu arriverais si vite, que tu trouverais, même. Je me suis inventé une sœur, pour me rendre plus menacée, sans doute. Pour que tu ne me soupçonnes pas d'avoir fait quoi que ce soit.

— Mais c'est absurde, dit Edgar. Et puis tu as vu comment tu m'as traité après ?

— Je sais. Excuse-moi. Je n'avais pas dormi de la nuit ni de la journée. Fallait que je gagne du temps, que je réfléchisse. Et puis est-ce que tu m'aurais aidée, hein ? Tu ne parlais que d'appeler la police et ça, c'était pas possible ; ça l'est de moins en moins, d'ailleurs.

— Et qu'est-ce que tu as inventé d'autre, à part une sœur morte la veille ? Le tableau ? Il existe ?

— Oui, il existe. Mon grand-père existe et dans son cabanon y'a ma petite fille qui dort.

CHAPITRE 13

Le petit sommeil

C'est un pays sans limites, grand comme la mer.
C'est très joli mais ça sent la framboise un peu moi-
sie. Il y a des fleurs très très grandes qui poussent
juste derrière le soleil, comme des tournesols bizarres. J'aime bien dessiner des tournesols, c'est pas
très difficile. Tout d'un coup, je suis plus sur la plage.
On dirait comme l'histoire d'Alice. Tout est bizarre,
un peu tordu, comme si je pouvais voir plusieurs
télés en même temps. C'est la seule chose que j'aime
pas chez grand papy. Y'a pas la télé. C'est pas
comme chez maman, où y'a plein de cassettes. Peut-
être que je suis en train de rêver ? J'ai froid. Je suis
juste en chemise de nuit Pocahontas. Je vois le cabanon sur la berge, le bout du cap et les rochers qui
font comme deux vieux assis sur un banc. Les grands
arbres remuent, on dirait qu'ils dansent. Mais y'a pas
de mistral. Y'a des messieurs aussi. On dirait qu'ils
sont en pâte à modeler. Si je vois tout ça, c'est que
je suis en bateau. Le bateau bouge, comme s'il avait
des pieds, qu'il marchait sur l'eau. Dans l'eau il y a
plein de poissons, ça me fait penser au jour où l'éle-

vage de loups a été cassé par un gros bateau de riches. Grand papy l'était content ce jour-là. L'arrêtait pas de dire : « J'crois pas en Dieu, ma petite poule, mais là, c'est la vraie pêche miraculeuse ! » J'm'en fiche, je sais pas ce que c'est Dieu. C'est bizarre, il fait pas jour encore, et pourtant on dirait qu'il fait déjà soleil. Mais j'ai froid et puis j'ai les pieds qui me piquent comme si je marchais sur des chardons, ou des cailloux pointus. Alors que je suis dans le bateau. C'est le bateau qui marche, c'est pas moi. C'est pas possible ce truc-là. Je voudrais bien ma maman. Tiens, qu'est-ce que c'est que ça ? C'est une dame très belle. Elle ressemble à maman quand elle est fatiguée. Et puis il y a un monsieur aussi, que je connais pas. C'est quoi, ce bruit ? On dirait un feu d'artifice. Mais y'a rien dans le ciel. Je suis plus dans le bateau, on dirait. C'est la Garoupe là-bas. Je vois le ponton. Pourquoi il fait si froid et si noir ? Je voudrais que le ciel soit rose. Ah ! c'est mieux comme ça. Plus joli qu'avant. Mais j'ai toujours mal aux pieds. Et puis j'avance. Je marche, peut-être ? Mais où je suis ? Sur le chemin ? Il y a grand papy aussi. Il est allongé et il dort et j'arrive pas à le réveiller. Je commence à avoir peur, et je ne sais pas pourquoi. On dirait qu'il y a quelque chose qui se rapproche, qui vient derrière mon dos et je peux pas me retourner. Je veux pas me retourner. Je veux ma maman...

Rita s'était arrêtée brusquement. Sa main s'était crispée sur le bras d'Edgar.

— Dis-moi que je rêve... murmura la jeune femme.

Edgar écarquilla les yeux. Sur le chemin, venant vers eux, une toute petite silhouette avançait, vêtue d'une chemise de nuit dont la blancheur ressortait en bleu pâle dans l'obscurité. La petite fille avançait. Elle ne les voyait pas. Quand elle fut juste devant eux, il s'aperçut qu'elle marchait les yeux fermés.

— Ce n'est pas toi qui rêves, dit Edgar, c'est elle.

CHAPITRE 14

Aujourd'hui est plein de surprises, et demain...

— Il ne faut jamais réveiller un somnambule, dit Edgar, d'un ton qu'il aurait voulu plus docte, alors qu'il se demandait quelle vérité il y avait là-dedans. Cela paraissait logique, sans qu'il sût bien pourquoi. Mais si elle était tombée dans la mer ? Se serait-elle réveillée ? Il lui semblait se souvenir que les somnambules ne tombaient pas...

En voyant comment Rita avait réagi, Edgar avait compris. C'était sa fille. Rita s'était accroupie devant l'enfant, lui ouvrant les bras, éperdue. Mais comme l'enfant ne réagissait pas, elle l'avait laissée continuer. Elle avait cherché une réponse dans les yeux d'Edgar. Il n'avait pu lui renvoyer que des questions muettes. Le mieux étant sans doute de laisser faire, Rita s'était relevée et marchait juste derrière sa fille, prête à la saisir si elle trébuchait. Mais les petits pieds de l'enfant endormie semblaient connaître chaque piège du sentier, chaque courbe, chaque racine qui dépassait. Sa mère était prête à bondir, mais elle n'avait jamais besoin de le faire. Edgar les suivait maintenant, d'un pas maladroit. Ils revenaient tous les trois vers la voiture. Soudain, comme si elle avait senti la présence de sa mère, la petite fille s'arrêta et se retourna. Elle ouvrit les yeux. Ils étaient retournés et c'était très impressionnant. Cela lui donnait l'apparence d'un zombie miniature. La petite fille ouvrit la bouche, et, comme si les mots mettaient longtemps à trouver leur chemin depuis le profond pays des rêves, elle dit :

— Je veux ma maman.

Assis dans son fauteuil préféré, Roger se demandait vraiment où était passée Angéla. Les trois types étaient entrés avec lui. Il avait eu le courage ironique de leur proposer du café, et, contre toute attente, celui qui était visiblement, non pas le chef, mais celui qui payait, avait accepté. Heureusement, il en restait et Roger n'avait pas eu à en refaire. Seulement à le réchauffer. Pendant une seconde, quand le café était presque brûlant, il avait songé à expédier la casserole sur le gus qui le tenait toujours braqué. Et puis il avait renoncé. Il était trop vieux pour ce genre d'action. De toute façon, quoi que décide ce type aux cheveux blancs qui empestait le vomi, il n'avait pas de réel moyen de pression. Angéla n'était pas là. Mais où était-elle passée ? Avec sa fièvre ? Roger s'inquiétait, tout en essayant de ne pas laisser soupçonner la moindre chose. Les envahisseurs de son cabanon avaient constaté qu'il y avait un lit et des

184

affaires de petite fille un peu partout. Ils avaient commencé à fouiller, puis avaient renoncé.

L'homme à l'épingle de cravate lui sourit.

— Vous ne savez donc rien, grand-père ? Vous ne savez pas que votre petite-fille m'a dérobé un tableau ? Vous ne voudriez tout de même pas qu'on vous fasse mal, très mal, jusqu'à ce que vous nous disiez la vérité, n'est-ce pas ?

Roger secoua doucement la tête. Il sentait qu'au moins un des deux malfrats qui accompagnaient le diable à tête de chacal prendrait plaisir à le torturer. Gagner du temps, les convaincre, trouver un moyen qu'ils s'en aillent, les lancer sur une fausse piste ! Voilà l'idée. Mais si, comme il le croyait maintenant, Angéla était partie seule dans la nuit, s'ils se tiraient tout de suite, ils risquaient de tomber sur elle. Et à ce moment-là, il ne pourrait pas faire autrement que de leur rendre le tableau. Même s'ils mouraient tous les deux ensuite, Angéla et lui, témoins trop gênants. Roger était piégé. Il ne savait pas quoi faire. A moins de les envoyer à l'intérieur des terres, par le passage qui se faufilait entre diverses propriétés avant de rejoindre la route du cap. Oui... C'était sans doute là la solution.

— Ecoutez, dit-il, je ne suis pas certain, mais il me semble bien que Rita est venue hier soir pendant que je dormais. Elle n'était pas seule. Elle était avec un type que je ne connais pas. Ils ont discuté un moment devant la porte du cabanon. Ils devaient croire que je dormais. Ils ont hésité, mais ils ne sont pas entrés. Je les ai entendus parler. Ils avaient l'air de vouloir cacher quelque chose. Le type n'avait pas confiance. Il avait peur que je le trouve s'il le mettait dans le cabanon.

— Tu vois quand tu veux, dit le blond avec la voix grasseyante. Il se curait le nez négligemment, et Roger surprit un regard gêné de son employeur, qui sirotait le café réchauffé.

— Et alors ? dit-il en reposant sa tasse.

— Alors, Rita a parlé d'un recoin qu'elle connaît, un endroit que je lui montrais quand elle était petite. Une espèce de trou sous les racines d'un arbre, un grand cèdre le long d'une des propriétés, là, derrière. Vous savez, il y a un chemin qui traverse...

— L'ironie de tout cela, dit l'homme à l'épingle de cravate en riant, non mais je rêve... Et Roger pouvait presque l'entendre penser. Il l'avait déjà croisé en allant au petit supermarché. Ce type avait une Porsche. Il habitait le Cap. Hier soir, Rita et son pote avaient volé le tableau chez lui. Dans une de ces espèces de palais fortifiés qui encombraient la nature. Evidemment, Rita n'avait eu que quelques centaines de mètres à faire dans une obscurité qu'elle connaissait depuis qu'elle était née...

— Vous savez, moi je vous dis tout ça pour vous rendre service, fit Roger, sans la moindre trace d'ironie.

— Si vous voulez, monsieur, dit le blond qui avait fini de se curer le nez, on peut très vite savoir s'il nous raconte un bobard.

— Je crois que je vois de quel arbre il parle, dit

le « monsieur ». Toi, tu vas rester là pour le surveiller et nous allons y aller.

— Et si la fille se pointe entre-temps ?

— Tu lui dis gentiment de nous attendre, on revient, fit celui qui n'avait pas encore parlé, un brun taciturne qui n'avait pas l'air d'aimer rigoler. Il ouvrit la porte du cabanon.

— J'espère pour vous que vous ne m'avez pas raconté des conneries, dit l'homme à l'épingle de cravate. Un cabanon comme ça, cela doit bien brûler, avec tous ces livres et tous ces journaux. Et puis, je connais deux ou trois voisins qui seraient heureux de récupérer cet accès à la mer...

Sur ces belles paroles, ils sortirent. Roger restait seul avec le blond.

— Vous faites ce métier depuis longtemps ? demanda Roger.

— Quoi ? fit le blond.

— Rien, je plaisantais.

— T'as pas intérêt à plaisanter. T'as juste intérêt à ce que le monsieur revienne avec son tableau, tu vois.

— Je vois, oui, fit Roger, qui commençait à calculer comment il allait bien pouvoir se débarrasser de ce type. Sûr de lui, cette espèce de pseudo-garde du corps ne se méfiait pas assez du vieillard qu'il était.

— Ah ! j'ai les jambes qui me font mal. C'est terrible de vieillir. Vous savez, vous aussi, un jour vous serez vieux. Mais je me trompe peut-être. Dans vos métiers, on ne vit pas forcément très vieux.

187

— T'as raison, dit le blond, mais moi je sais où je mets les pieds.

— Qu'est-ce que c'est que cette histoire de tableau ? demanda Roger... A moins que vous n'ayez pas le droit de m'en parler ?

— Je n'en sais pas plus que toi. Je fais ce qu'on me dit. C'est tout.

— C'est ça que vous voulez dire quand vous dites que vous savez où vous mettez les pieds ?

— Exactement.

Roger ne comprenait pas cette logique. Ou ce type est complètement con, ou j'ai dû rater un chapitre, se dit-il.

— Je peux refaire du café ? demanda-t-il au bout d'un moment.

— Vas-y, je te surveille.

Péniblement, Roger se souleva. Il évaluait le malfrat. Le type était costaud, mais porté sur la bouteille et pas très en forme. Il avait une bouée sous sa veste qui déformait sa chemise. Il était peut-être rapide, mais si Roger parvenait à l'aveugler en lui balançant la cafetière, il avait une chance de s'en sortir. Il voulait sortir d'ici, oui, et surtout retrouver Angéla avant que ces types ne mettent la main dessus. Où était-elle passée ? Partie vers la Garoupe ? Il l'espérait de tout son cœur qui battait, mais moins anormalement qu'il aurait pu le craindre dans une telle situation. La pompe ne s'affolait pas. Roger calculait. Il retrouvait ses anciens réflexes d'agitateur, son énergie de combattant trahi de la liberté. Il fallait qu'il sorte, mais il ne pourrait pas courir. Il nettoya la cafetière italienne sous le robinet et la remplit d'eau, puis de café, avec ces gestes exacts formés par l'habitude. Il la posa sur la plaque qu'il avait allumée avant, comme il le faisait toujours. Il avait l'impression que son cerveau fonctionnait mieux que jamais. Comme s'il retrouvait une certaine jeunesse à cause de l'adrénaline. Première injection : la disparition d'Angéla. Deuxième injection : l'arrivée de ces trois lascars, de ce type malsain qui, parce qu'il cherchait son tableau, avait le culot de trimballer son odeur de vomi jusque dans son cabanon. Et il allait revenir dans quelques instants, absolument furibard... Roger avait gagné quelques minutes. Il pouvait encore lui dire la vérité... C'était la dernière cartouche du vieil anarchiste.

— Vous en voulez ? demanda Roger au malfrat qui se curait à nouveau le nez sans vergogne.

— Pourquoi pas.

Roger prit une autre tasse sur l'étagère et la remplit. Puis il remplit la sienne. Le café était brûlant à travers la fine porcelaine.

— Sucre ?

— Non, dit le type, et Roger se dit que c'était bien le seul point commun qu'ils avaient.

La porte s'ouvrit à cet instant sur Rita qui tenait Angéla dans ses bras.

Tout se passa très vite. Le blond se tourna vers la porte. Roger lui jeta les deux tasses de café dans la figure. Le type hurla. Rita avait déjà fait demi-tour. Le type tira, un coup. Vacarme sec. L'odeur de la poudre. Roger était déjà sur lui. Avec ses mains de carreleur et ses énormes avant-bras, il le saisit à la gorge, pesant de tout son poids. Le type tira à nouveau en tombant sur le sol usé du cabanon, emporté par Roger qui sentait ses jambes céder, son cerveau s'illuminer, les limbes arriver. Il vit un grand éclair, une lumière qui semblait l'appeler et cela le fit rire, rire, rire.

Rita courait vers la Garoupe. Elle trébuchait, serrant Angéla dans ses bras.

— Passe-la-moi, dit Edgar.

En courant toujours, Rita lui passa sa fille et Edgar serra son petit corps frais. C'était la première fois de sa vie qu'il tenait une petite fille dans ses bras et il fut étonné par son poids. La gamine le regardait d'un drôle d'air, ses cheveux en bataille sur son front.

— T'es qui, toi ? dit-elle.

— Je m'appelle Edgar, haleta-t-il en trébuchant à son tour sur une des pierres du chemin. Cela sembla suffire à la petite fille. La plage était loin. L'aube se levait, magnifique. Edgar avait rarement vu quelque chose d'aussi beau. Le fait qu'il tienne dans ses bras la petite fille de la femme dont il était amoureux n'y était pas pour rien. Il vivait quelque chose d'extraordinaire et il s'en rendait compte. Mais il y avait le côté obscur, derrière eux, comme dans le ciel de l'ouest, des nuages épais. Les deux coups de feu venus du cabanon lui avaient fait comprendre pourquoi Rita avait si subitement fait demi-tour. La petite était lourde dans ses bras.

— Bêêê...tu sens mauvais, Edgar, dit-elle.

Il faillit éclater de rire. Il était épuisé, sale, éperdu et en même temps joyeux, incroyablement heureux. Il ne pensait pas que ce bonheur pouvait s'interrompre dans quelques secondes, d'une balle dans le dos. Il entendit un coup de feu et au même instant sentit une brûlure sur son bras, mais pas de choc. Il avait été touché ? Il se retourna. Deux types couraient derrière eux, loin. Et, apparemment, ils n'avaient aucun scrupule à tirer, comme ça, dès le matin, sur les pauvres trois fuyards qu'ils étaient. Une femme, une petite fille et lui, Edgar, qui s'en sentait terriblement responsable, comme s'il avait été le père de cette gamine, songea-t-il. Elle avait confiance en lui, elle se serrait dans ses bras.

— T'es mouillé sur le bras, dit Angéla. On dirait du sang. T'as un bobo ?

— C'est rien, c'est une égratignure, dit-il, à bout de souffle. Ils arrivaient en vue de la plage. Quelqu'un allait entendre les coups de feu si leurs poursuivants recommençaient. Quelqu'un allait les voir, quelqu'un allait appeler la police ! Et que lui dirait-il, lui, Edgar, à la police ? Qu'il aidait cette jeune voleuse ? Que les types qui la poursuivaient n'avaient pas vraiment le droit de se promener comme ça en ville avec des armes et de terroriser une jeune femme, fût-elle une voleuse de tableau, d'un tableau sans doute volé, d'ailleurs ? Déjà il apercevait sa BMW rangée dans le parking. Un peu plus loin, il y avait une Porsche et une Mercedes. Une camionnette blanche les avait masquées quand ils étaient arrivés à la Garoupe. Et comme ils étaient passés par la plage...

— Passe par la plage, dit-il à Rita, qui courait un mètre devant lui.

Mais c'était trop tard, les deux autres malfrats, qui étaient bien sagement restés dans la Mercedes, en étaient sortis quand ils avaient entendu les coups de pétard. L'un d'eux avait un téléphone portable collé à l'oreille. Trahis par l'aube et France Telecom, se dit Edgar, ça ferait un beau sous-titre. Si je me sors de là, je change de vie, j'émigre, je quitte la terre et j'emmène cette femme et sa fille avec moi, si je peux, si elle veut bien, si elles veulent bien. Mais non, mon pauvre Edgar, se dit-il, c'est à toi de les sortir de là, sans rien demander en échange, juste parce qu'elles ont le droit de vivre et que ceux-là en veulent à leur vie.

— Donne-leur le tableau, dit-il, entre deux halètements.

— Il est dans le cabanon...

En entendant ça, Edgar se dit que ce n'était pas possible. Si le tableau était dans le cabanon, les autres l'avaient déjà trouvé et n'avaient plus de raison de les poursuivre. A moins qu'ils veuillent les éliminer, tout simplement.

Et maintenant, ils étaient coincés entre deux feux. Les deux sur l'esplanade de la Garoupe qui les avaient vus et leur coupaient toute fuite et les deux derrière eux sur le sentier.

Rita, Edgar et la petite fille atteignirent l'angle de la route qui remontait pour rejoindre celle du cap.

Les mâchoires du piège se refermaient. Rita s'arrêta, hors d'haleine. Il s'arrêta à côté d'elle.

— Pourquoi on court plus ? demanda la petite fille. Mais sa mère ne répondit pas. Elle fixa Edgar dans les yeux. Ce qu'il lisait dans ce regard ! Le dernier virage d'une vie un peu trop aventureuse, la fin d'années gaspillées à faire des petites conneries avant la grosse, la peur, la vraie peur, des yeux de biche traquée, non, plutôt des yeux de chatte coincée par une bande de rats plus gros qu'elle. La chatte et son petit. Et lui au milieu. La tête lui tournait. Il entendait comme un grondement lointain, un bruit d'orage. Or, le soleil n'allait pas tarder à sortir, dans le bleu rosé de cette aube qui promettait d'être magnifique, d'être la dernière. Edgar se sentait étrangement calme, serein. Il regrettait juste de ne pas avoir vécu cette histoire d'amour avec cette fille étrange et adorable, au vrai sens du terme. Lovely Rita... Il pensa au rouquin, à Kevin, assis, mort sur son promontoire. Maintenant ils allaient mourir aussi, quoi qu'il arrive. Si les types avaient récupéré le tableau, ou s'ils ne l'avaient pas encore récupéré. Foutu des deux côtés.

— Qui c'est les messieurs, maman ? demanda Angéla en se tournant vers sa mère. Elle montrait les deux types qui venaient vers eux entre les voitures, de son petit doigt tendu. Que c'est fragile cette petite main, se dit Edgar. Il serra l'enfant dans ses bras et se retourna pour faire face aux deux autres.

— Regarde, dit-il à Angéla, il y en a deux autres là, aussi... Et il lui sourit, comme si c'était pas grave

du tout. La petite fille hocha la tête d'un air entendu, comme si c'était une sorte de jeu : faisons apparaître des messieurs à la Garoupe.

Edgar commença à reculer vers la plage. Les deux
couples de types convergeaient vers eux. Edgar reconnut l'homme de l'ascenseur, le vieux avec l'épingle de cravate. C'était bien lui qu'il avait vu dans la
Porsche suivie par la Mercedes. Ils avaient mis du
temps à trouver le cabanon de Rita, mais finalement,
ils y étaient arrivés. Et voilà, se dit-il, c'est la fin. Pas
comme tu croyais quand tu étais sur le viaduc, dans
le coffre ou dans le parking, mais une fin tout de
même. Ici Edgar, je vous salue pour la dernière fois,
embrassez les participants du MIP pour moi, la série
s'arrête ici. Fin du dernier épisode...

Un vrombissement terrible résonna soudain dans
la rue qui descendait vers la plage. Une rangée de
phares et un vacarme infernal, des motos lancées à
plein régime. Elles fonçaient sur le quatuor. Edgar
vit l'homme aux cheveux blancs se retourner, celui
qui l'accompagnait aussi, puis les deux autres. Une
douzaine de motos leur arrivait droit dessus, sans intention de ralentir. Edgar, sans réfléchir, se tourna
vers la seule issue qui restait, le sentier menant au
cap, reprenant la direction du cabanon. Rita resta un
instant plantée là, souriant. Il la saisit par l'épaule et
l'entraîna.

— Il avait dit qu'il essayerait, dit-elle. Merci,
Dany...

En courant, Edgar se retourna et vit les quatre
hommes encerclés de Hell's Angels, dans une péta-

194

rade qui allait finir de réveiller le quartier. Cela résonnait jusqu'au grand hôtel quatre étoiles dont quelques fenêtres étaient allumées, à l'autre bout de la plage. Edgar se dit que, bourrés comme l'étaient Dany et ses deux potes, si le propriétaire du tableau et ses acolytes ne la jouaient pas fine, ça allait mal tourner. Dany avait rameuté tous les membres de son club qu'il avait pu trouver, juste pour aider sa copine Rita. Edgar se mit à courir plus vite. Derrière eux, c'était l'apocalypse. Entre bagarreurs, ils allaient pouvoir se la donner. Des motos volaient, crachaient des flammes, des types hurlaient. Edgar entendit distinctement les claquements secs de coups de feu, par-dessus le vacarme des moteurs et les hurlements des pneus et des hommes. La petite fille se serra contre lui. Il ne savait pas où il allait, mais il suivait Rita. Il l'aurait suivie en Terre de Feu ou sur Mars si elle le lui avait demandé. Mais elle ne lui demandait rien, rien d'autre que de porter sa fille. Personne ne s'était engagé derrière eux sur le sentier.

Dany et sa bande étaient arrivés juste à temps. Parfois, la vie ou la mort ne sont qu'une question de timing précis. Edgar ne sentait plus ses poumons ni ses jambes. Il aurait pu courir comme ça pendant l'éternité s'il avait fallu. Il ne savait pas se battre, mais il savait courir. Pas comme un champion, certes, mais comme quelqu'un qui ne fume pas, qui boit peu et qui, sans entretenir son corps, n'a jamais oublié les années de gym au lycée et à la fac. Il jouait un peu au tennis, avant... Dieu que tout était loin. Il n'existait plus que ce chemin tortueux, ces rochers teintés par le jour, la mer qui clapotait, le cabanon au loin, Rita à ses côtés qui trébuchait, souriait à sa petite fille, se retournait pour surveiller leurs arrières... Plus rien d'autre que ça, cette aube naissante.

Ils arrivèrent au cabanon. Rita ouvrit la porte. Sur le carrelage, un très vieil homme au poitrail large comme celui d'un ours recouvrait presque entièrement un des malfrats engagés par l'antiquaire. Ses énormes mains étaient serrées sur la gorge du type, un blond un peu couperosé qui avait viré au bleu. Une large tache de sang noir s'étalait sur le dos du vieillard. Rita tomba à genoux, les bras écartés, image même de l'impuissance et de la douleur. Dans les bras d'Edgar, la petite fille semblait ne pas comprendre.

— Il dort grand papy ?

— Oui, dit Edgar. On va le laisser dormir, tu sais. Faut pas le réveiller. Il est très fatigué.

— Et où on va aller, nous ?

Edgar ne savait pas comment répondre à cette question. Il posa délicatement la petite fille assise sur la grande table devant le réchaud électrique, puis se pencha sur Rita. Il la prit doucement par les deux épaules et la releva. D'un geste naturel, elle vint se blottir dans ses bras.

— Restons pas là, dit Edgar.

— Attends, il faut que je prenne le tableau, murmura Rita. Elle s'arracha à ses bras, le laissant tout

196

décontenancé de l'avoir enfin serrée contre lui, et elle escalada une petite échelle de meunier qui menait à une étroite loggia. Edgar comprit que c'était son havre à elle, son refuge. Lui n'avait jamais eu de refuge. Son appartement à Paris n'en était pas un, meublé comme dans les magazines, et son bureau chez Flam Productions encore moins. Il songea qu'il avait toute une vie à reconstruire. Rita fouillait sous le lit. Elle redescendit, très pâle.

— Le tableau n'est plus là.

— Tant mieux, dit Edgar. J'espère qu'ils l'ont récupéré et que la police va mettre la main dessus.

On entendait, au loin, des sirènes qui se rapprochaient. Combien de temps leur restait-il pour fuir ? Et comment fuir, comment quitter ce sentier ?

Est-ce qu'il faisait le tour du cap ?

Rita prit sa fille par la main. La petite avait mis le grappin sur un sac en plastique plein de petits pains au lait. La jeune femme regarda encore une fois son grand-père étalé sur l'homme de main. Edgar voyait son profil. Le vieil homme souriait dans la mort. Ils laissèrent la porte du cabanon ouverte.

Dehors, le soleil n'était pas encore sorti. La police était arrivée à la Garoupe. On entendait des cris, des sirènes incessantes. L'apocalypse était achevée, et ils ignoraient qui avait gagné. Dans quelques instants, il ne resterait plus trace de la bataille. Rita commença à avancer dans l'autre direction, vers le cap. Edgar suivait la femme et l'enfant, traînant les pieds. Il n'en pouvait plus, soudain. Une fatigue intense lui pesait sur les épaules comme une hotte pleine d'enclumes.

Un peu plus loin, dans une minuscule crique de rochers, un petit bateau bleu en bois ballottait dans les vaguelettes. Il avait une petite cabine, comme une maisonnette vitrée à toit bleu. Rita se pencha et tira l'amarre pour amener le bateau contre un minuscule quai de ciment très artisanal. Le bateau s'appelait *Lovely Rita*. Toute joyeuse, la petite fille sauta à bord comme si elle avait fait ça toute son enfance, ce qui était précisément le cas.

— On va à la pêche ? demanda-t-elle.

— Oui, Angéla, répondit sa mère. On va à la pêche.

Rita sauta à bord à son tour et regarda Edgar. Edgar pensait à tous ses collègues qui allaient bientôt se lever, s'agiter dans les rues de Cannes et au palais des Festivals, vendre des images télévisées, des fictions, des séries, des films bons ou mauvais. Edgar se dit que, s'il retravaillait dans cette industrie, il ne s'occuperait plus que de documentaires. Pourquoi ? Il n'en savait trop rien. L'idée lui paraissait séduisante. Les documentaires étaient ce qui lui paraissait le plus proche de la réalité. Mais que connaissait-il de la vie en réalité ? La mort, oui, il connaissait la mort, désormais. Une balle l'avait frôlé, mais il ne saignait déjà plus. Il avait porté un cadavre, l'avait balancé du haut d'un viaduc, il avait vu Kevin assis sur ses rochers, expirant lentement, il avait vu

tomber des inconnus et essuyé les larmes de Rita devant son grand-père. Divers futurs se dessinaient sur
les écrans fatigués de son crâne. Rentrer à Paris avec
elles, les emmener loin de ce cauchemar. Elles faisaient partie de son existence maintenant. Avaient-
ils un lendemain ? Allait-elle accepter de partager
ses jours ?

Edgar hésita une fraction de seconde, contemplant
le bateau bleu. Rita souriait à sa fille en démarrant
le petit diesel, et il imagina que les personnages sur
le tableau qu'il n'avait jamais vu avaient des sourires
identiques. Sourires ouverts sur des horizons inconnus... La petite fille attaquait un pain au lait. Elle
tendit le sac à sa mère, qui refusa d'un mouvement
de tête.

Edgar était là, planté sur le quai. Le moteur tous-
sota puis se mit à tourner. Rita mit la main dans la
poche de sa saharienne panthère et en sortit son
agenda électronique qu'elle lui lança.

Il le rattrapa de justesse avant qu'il ne tombe à
l'eau. Puis elle lui jeta, très vite, les clés de sa chambre du *Noga Hilton*, la boîte de Durex et le reste des
futilités qui lui appartenaient. Il ne parvint pas à les
saisir au vol. Ils finirent dans la mer avec des petits
plouf ridicules. Rita défit les amarres et les balança
sur le pont.

— Mais... balbutia Edgar.

— On n'est pas du même monde, dit-elle. On sera
jamais du même monde, désolée. Désolée de t'avoir
embarqué dans tout ça. Mais c'est aussi de ta faute.
Adieu, monsieur Ed.

Et elle se retourna, face au large, avant de lancer le moteur.

Le petit bateau s'éloigna, laissant derrière lui une infime traînée d'écume.

CHAPITRE 15

... Et demain est plein de souvenirs

Le *Lovely Rita* ronronnait. Son vieux diesel tapait avec la régularité d'un gamin qui martèle un tambour muni d'une sourdine. La petite fille était à l'avant, emmitouflée dans une couverture, les cheveux au vent, les yeux fermés.

Rita était à la barre à l'arrière, derrière la petite cabine vitrée. La mer était d'un calme presque absolu et un énorme soleil venait d'apparaître au-dessus des montagnes où on distinguait encore de la neige. En face d'elles, les îles de Lérins étaient nappées de rose et d'orange.

— On va dans les îles ? demanda Angéla.

— Bonne idée, répondit Rita, au moins pour la journée, pour se reposer...

La petite fille passa sa tête de lutin ébouriffé sur le côté de la petite cabine.

— Regarde, maman, ce que j'ai trouvé dans un sac poubelle, dit-elle en brandissant un rouleau de toile.

Ses mains délicates crispées sur le cuir de son volant, Edgar roulait à vingt à l'heure vers sa chambre d'hôtel, une douche, un costume propre et son premier rendez-vous de la journée au MIP TV... L'ongle de son pouce virait lentement au noir...

FIN

Saint-Paul, Paris, juillet 1998

DU MÊME AUTEUR

LE BRONX, Encre (épuisé).

LE MÉTRO ENTRE LES LIGNES, Encre (épuisé).

HISTOIRE D'UN DEALER, Encre (épuisé).

UNE VIE DE MATOU, Laffont, 1982.

TUEUR DE CAFARDS (avec Tardi), Casterman, 1984.

REQUIEM BLANC (avec Jean-Marc Rochette), Casterman, 1987.

LE TRIBUT (avec Jean-Marc Rochette), Casterman, 1995.

LA MÉCANIQUE DES OMBRES, Denoël, 1996.

AVRIL ET DES POUSSIÈRES, Denoël, 1998.

LA FACE PERDUE DE LA LUNE, Flammarion, 2001.

SÉRIE NOIRE

Dernières parutions :

Composition Nord Compo.
Reproduit et achevé d'imprimer sur Roto-Page
par l'Imprimerie Floch à Mayenne
le 5 septembre 2003.
Dépôt légal : septembre 2003.
Numéro d'imprimeur : 58018.

ISBN 2-07-030458-2 / Imprimé en France.